매일
새롭게 사는
여자의
지혜

매일 새롭게 사는 여자의 지혜

초판 인쇄 2023년 11월 20일
초판 발행 2023년 11월 27일

찰리 쉐드 지음 / 김사경 옮김

펴낸곳 문지사
등록 제 25100-2002-000038호
주소 서울특별시 은평구 갈현로 312
전화 02) 386-8451/2
팩스 02) 386-8453

값 15,000원

매일 새롭게 사는 여자의 지혜

찰리 쉐드 지음 / 김사경 옮김

문지사

이 글은 내 딸 카렌을 위해 쓴 아주 작은 이야기에 불과합니다.
그 아이는 이 땅에 크나 큰 축복을 가져온 최초의 여자인
이브의 아름다운 후예인 젊은 여성들 중의 한 명이지요.
또 그 아이는 저에게 많은 것을 의미하기도 합니다. 특히, 평화를 사랑하는 여성으로 상징되기도 합니다. 하지만 오빠들과 사소한 의견 충돌이라도 하게 될 때면 영악해지기도 하는 것이 그 아이의 숨은 힘입니다.—그 아이에게는 오빠가 네 명이나 있습니다.
청바지와 분홍 스웨터, 때로는 노랑 빛깔의 옷도 자주 입지만, 어느 여자 아이보다도 더 발랄한 모습으로 늘 우리들 앞에 있습니다.
또한 자기들만의 작은 파티에 참석하기 위해 정장을 하면 한 떨기 청순한 꽃처럼 우리들을 밝게 해준답니다. 때때로 철없는 말괄량이 기질도 보이지만, 어떤 경우에는 속 깊은 내면의 세계를 보여주기도 합니다.
매사에 열심이고, 사랑스러우며, 모나지 않고, 영리하고
애교 있는 슬기로운 딸, 그 아이가 바로 카렌이지요.
난 그 아이의 아버지랍니다.
이러한 나의 태도에 대하여 여러 분들이 어떻게 생각하고 계실지 잘 알 것 같습니다. 그럴만도 하지요. 편견을 지닌 아버지들이 이 사회에는 꽤나 많으니까요. 그러나 내가 카렌을 알고 있듯이 여러 분들께서도 카렌을 알고 계시다면 '꾸밈 없는 사실을 이야기하시는군요.'라고 말할 것입니다.
그런 그 아이가 이제 결혼을 몇 달 앞 두고 아버지인
나에게 자기를 위한 편지를 특별히 써 달라는 이색적인
부탁을 하는데는 저도 놀라지 않을 수 없었습니다.
"아빠! 내가 그이한테서 영원히 사랑을 받을 수 있는

삶의 옳은 길을 말씀해 주시면 좋겠어요."

라고 애교 있는 표정을 지으며 요청하는 것이었습니다.

내 딸아이가 그런 절실한 요청을 이 아버지에게 했던 까닭은 두 가지 이유에서였을 것입니다.

첫째는, 내가 목사라는 특별한 직분 때문이었다는 것은 틀림없는 사실입니다.

사실 나는 그 동안 수많은 커플과 결혼에 관한 여러 가지 일들을 상의해 왔고, 또한 결혼한 부인들이나 그녀들의 남편과도 많은 문제를 놓고 대화하며 걱정을 나누면서 시간을 보내기도 했습니다.

오늘날에 있어 이러한 분쟁은 별로 이상한 일이 아니지요. 성직자 생활을 하는 친구들 대부분이 자기를 찾아오는 사람들의 결혼 문제에 깊이 관여하고 있음을 알고 계실 것입니다. 하지만 우리가 무엇을 어떻게 완전무결하게 해결해 줄 수 있겠습니까?

어떤 경우에는 거의 아무것도 할 수 없는 것이 우리들의 한계입니다. 특히, 그들의 마음이 이미 굳어져 있을 때는 속수무책입니다. 그들 대부분은 조언을 구하러 오는 것이 아니라 동의를 얻기 위해 찾아오는 것에 불과하니까요.

그러므로 한쪽은 타협을 하려고 하지만, 다른쪽은 끝내 등을 돌려버림으로써 아픔을 주기도 합니다. 그럴 때면 우리도 하는 수 없이 고소와 맞고소, 고통과 보복의 협로에서 또 하나의 가정이 끝내는 파탄에 이르는 장면을 안타까이 지켜볼 수밖에 없는 아픔을 맛보기도 합니다.

여러분들과 마찬가지로 우리들 역시 나약한 손을 가지고 있지만, 이 나약한 손을 뻗어서 부서진 생의 조각들을 주워 모으는 데 많은 노력을 기울이고 있습니다.

이런 막다른 상황 속에 그 여린 싹들, 아이들이 있으면 더욱 어려운 형편에 놓이게 되지요. 이런 경우의 아이들이란 꼭 바람에 흔들려 깨져 버린 둥우리 속의 작은 새알들을 연상케 한답니다.

그런가 하면 모든 일이 아주 순조롭게 해결되는 보람스러운 때도 있습니다. 그때의 만족감이란 빛나는 여명을 맞는 듯한 감격이—하지만 이런 일은 결코 우리들만의 노력이 아닙니다.

다만 우리는 신비로운 힘, 즉 우리보다 훨씬 더 위대한 지혜로부터 우러나올 수 있는 그 어떤 '신성한 예감' 같은 것을 느끼게 됩니다.

그리하여 우리는 성직자로서의 긴박감이 흐르는 일들 중의 한 가지를 마침내 증언하게 되는 큰 책임을 갖게 되는 것이랍니다.

젊은 남녀들이란 곧 세상을 버릴 듯이 싸우다가도 서로 포옹하고 다시 화합하는 것이 바로 그들의 장점이지요. 그것은 '끊어졌던 줄이 다시 한번 이어져 소리를 내는 것'과도 같은 이치입니다.

그러한 것이 바로 우리가 겪는 일들입니다.

더욱 사랑스러운 일은 우리로 하여금 더 깊이 생각케 하고 모든 실패는 우리로 하여금 겸허하게 하며, 성공은 우리로 하여금 계속 노력하게 합니다.

그래서 자기 나름대로 해결할 수 없는 문제를 품고 있는 사람들이 나의 서재로 들어설 때면 나는 "오 하나님! 우리를 지켜주소서. 저 바다는 끝없이 광막한데 우리들의 배는 너무나 작습니다." 하는 애절한 기도를 드리는 어부들과 같은 심정이 되기도 한답니다.

그러므로 여러분들도 내 딸이 나에게 요청한 글이, 이제는 매우 합당하며 바람직한 일이라는 생각이 드실 것입니다.

또 모든 결혼에는 제나름대로의 갖가지 법칙들이 적용되게 마련이지요. 그리하여 각자의 결혼에는 자기들 특유의 내면 세계를 발전시켜가는 어떤 양상을 이루게 됩니다.

그러한 일들에 비추어 이 작은 편지 속에 담은 글들은 한 젊은 여자와 그녀의 사랑하는 배우자에게 도움이 되기를 간절히 비는 한 평범한 아버지의 법칙보다 더 훌륭한 수행을 위하여 기능한 모든 도움을 필요로 하고 있습니다. 또 우리는 헌신적인 노력의 언어를 체득하는데 도움을 필요로 하는 것 또한 사실입니다.

이보다 더 좋은 소망이 또 어디에 있을까요?

우리가 보다 행복한 가정을 성공적으로 이룰 수 있다면, 우리가 건강한 사회를 창조하는데 그만큼 조력했다는 사실을 인지하는 새로운 삶의 기쁨을 누리겠지요.

앞서 나는 왜 내 딸이 나에게 준 몇 가지 물음에 대한 회답을 꼭 써 달라고 했는지 두 가지 이유가 있다고 말했습니다. 또 언급한 바와 같이 딸아이는 이제 아주 훌륭한 숙녀로 성장해 있습니다.

그러므로 그 아이는 아버지인 내가 실제로 잘 모르는 것에 대해서도 이미 많이 알고 있었습니다.

이 책의 제목 '여자의 자리에 서라'는 바로 내 딸의 이야기입니다.

찰리 쉐드

C O N T E N S

LETTER 1 매일을 새롭게 사는 여자의 지혜

LETTER_1

자신있게 사는 여자가 되어라

내 사랑하는 딸 카렌에게!

너는 언제나 슬기로운 꽃과 같은 아름다움으로 자라온 아이였지. 그리고 난 네가 지금까지 성장해 오면서 그런 성품과 기질을 잃어버리지 않고 있음을 잘 알고 있단다.

우리 속담에 '칭찬이 만사를 형통케 한다'는 말이 있음을 기억할 거다. 바로 이번의 경우가 그렇다고 이 아버지는 깊이 느끼고 있단다. 그리하여 넌 나를 당장 책상 앞에 앉히는 버릇 없는(?) 딸로 변신하였으니 말이다.

이 세상의 어떤 아버지인들 그러한 칭찬 앞에서 자부심이 부풀지 않는 사람이 어디 있겠니.
어쩌면 너도 그렇게 생각되어졌겠지.

또 네가 아버지의 의견을 그처럼 높이 존중해 주니

형용할 수 없는 감동이 나를 기쁘게 해준단다.

참으로 너의 부탁은 대단한 찬사라 하겠다. 하지만, 아버지에게는 적합치 않은 부탁이라는 것 또한 이해해 주기 바란다. 왜냐 하면 너는 20여 년 동안이나 '이 세상에서 가장 아름다운 선물'로 감지되어 왔으니 말이다.

어떻든 한 번 더 너의 영리하고 선량한 꾀에 속아버린 채로 나는 실제로 주부가 되는 너에게 띄우는 이 글이 뜻깊은 축복의 꽃다발이 될 것이라고 믿으며, 너의 제안을 기꺼이 받아들이기로 했다. 너는 이 아버지가 여러 분야에 걸쳐 아직도 모르는 것이 얼마나 많은 지 잘 알고 있을 것이다.

그러나 너는 한 가지 점에 있어서는 내가 누구 못지 않는 권위를 지니고 있다는 것 또한 알고 있으리라 믿는다. 나는 인생을 살아가면서 천부적인 재질을 가진 여자로부터 진실한 사랑을 받는다는 것이 얼마나 멋지고 행복한 일인가를 분명히 알고 있단다.

네가 좋아하는 사람들, 부모가 된 마음을 간직하고 고려해 본다는 것은 인생의 또 다른 무지개와 같은 아름다움일 것 같아서 작은 흥분을 맛보며 이 글을 적는다.

곧 다시 너에게 작은 편지를 띄우겠다.

– 아버지가 사랑을 보내며

LETTER_2

사랑은 언제나 아름답게

사랑하는 카렌아!

여고 시절의 너는 많은 남학생들과 곧잘 어울렸음을 이 아버지는 지금도 똑똑히 기억하고 있다.

새로운 남자 친구를 데리고 집에 올 때마다 우리들은 조용한 눈빛으로 너희들을 지켜보았지. 이번에는 어떤 친구일까 하는 호기심을 가지고 말이다.

내 기억이 틀림 없다면, 그 아이들 중의 어느 누구도 못된 아이는 없었던 것 같다. 그래서 우리 식구들은 너의 높은 안목을 은근히 평가해 주는데, 조금도 인색하지 않았단다.

사실 그 아이들은 모두 근사하게 보였다. 네가 늘 "지지리도 못 나고 약삭빠르기만 하다."고 덩치 큰 어릿광대라고 하던 아이도 우리가 보기엔 아주 훌륭한 네 친구였다고 지금까지도 생각하고 있단다.

우리는 네가 만나는 모든 남학생들에게서 어울리는 그 어떤 점들을 특히 좋아했지.

우리는 이런 기회에 지난날들을 좀 더 가깝게 기억해 보는 것이 좋을 것 같다는 생각이 든다.

'늘 집을 찾아 헤매이는 작은 강아지'를 연상시킨다는 한 남자아이가 가끔 너랑 함께 집에 놀러오곤 했었지. 아주 조용한 음성으로 속삭이듯 말하던 아이 말이다. 우리는 그 아이가 쉽게 너와 헤어지지 않으리라고 생각하고 있었다.

그 아이는 정말 거의 예외적으로 우리 식구들의 마음을 사로잡았었으니까.

너의 엄마와 나는 늘 네 남자 친구들에 관해서 깊은 관심을 갖고 상의하곤 했지. 그리고 네 친구들 모두에게 자랑스러운 호의를 가지고 있었던 것도 틀림 없는 마음이다.

그들은 언제나 예의 바르고 깨끗하며 근사하게 몸가짐도 꾸밀 줄 아는 또 운전 솜씨도 보통이 아닌 아주 훌륭한 젊은이들이었으니까.

그가 운전을 잘 한다는 말은 네가 자랑스럽게 우리에게 들려준 이야기였으니 너도 생생하게 기억할 것이다.

그들 중에 체격이 크고 남자답던 축구 선수가 우리의 눈길을 제일 많이 끌었음을 지금도 기억하고 있다. 아마도 그 친구는 너에게 장거리 전화를 하느라고 꽤 돈도 많이 썼을 거다. 정말 덩치가 커다란 성실한 개를 연상시켜 주는 착한 젊은이였다고 지금도 너의 어머니는 말하고 있단다.

그 무렵, 영영 잊을 수 없는 밤이 있었음을 너도 잊지 못하고 있을 게다. 아마 네가 그 친구와 얼마동안 사귄 뒤에 일어난 일인 것 같다.

네가 나의 방으로 들어왔을 때 난 아직 잠자리에 들기 전이었지. 그때 넌 교제하고 있던 친구들 명단에서 그 아이의 이름을 막 지워버렸다고 슬픈 목소리로 말하더구나. 순간적으로 난 너의 얼굴에 감도는 어두운 그림자를 보았지.

세상의 부모들에게는 그것이 어떠한 것인지, 너도 조금은 짐작하고 있을 거다. 그때 난 너의 주변에 좋지 않은 무슨 일이라도 일어나지 않았을까 하고 매우 안타까워했다.

그런데 너는,

"아네요. 그 애는 참 좋은 아이예요. 그런데 아빠! 지금 꼭 말씀드리고 싶은 것이 있어요."

하고 나를 안심시켰던 것이다.

네 말을 그대로 기억한다면 아마도 이랬던 것 같다.

"저는 제 자신에 대해서 가끔 걱정하고 있어요. 제가 사귀고 있는 남자 아이들이 처음 얼마동안은 좋다는 생각이 들다가도 금세 싫어져버리는 거예요. 몇 차례 만나서 어울리다 보면 제가 알아야 할 것은 모두 알아버린 것처럼 되고마는 거예요. 아빠가 생각하시기에도 저에게 뭔가 좀 잘못된 점이 있다는 생각이 드시지 않아요? 앞으로 결혼할 것을 생각하면 무척 두려운 생각이 들어요. 과연 제가 한 남자와 함께 살 수 있을까 하고 말예요. 아빠가 생각하시기엔 제가 영원히 관심을 쏟을 수 있는 사람을 만날 수 있으리라고 생각하세요?"

물론 그때 나는 너에게 다짐을 했었지. 언젠가 그런 멋진 사람이 틀림없이 백마를 타고 나타날 것이라고 말이다.

그 백마를 탄 기사는 네가 언제까지라도 몸과 마음을 기꺼이 바치기에 충분할 것이라고 격려와 충고를 했을 것이다.

그렇지만, 넌 그럴 것 같은 생각이 들지 않는다고 자신 없는 목소리로 반문을 했지. 그러면서 넌 내 가슴을 깊이 울린 말을 하기도 했단다.

"아빠! 전 오늘 밤에 한 가지 큰 결심을 했어요. 그 사람에 관한 모든 것을 알기 위해서는 저의 온 삶을 다 바칠 수 있는 훌륭한 남자를 만나기 전까지는 결코 결혼에 관한 생각은 일체하지 않겠어요."

하며 내 손을 꼭 잡았지.

난 너의 젖은 듯한 음성과 검은 빌로드처럼 어둠이 깃들어 있는 네 눈기슭에서 수 백 마리의 사슴이 아니, 수 천개의 꽃잎이 흩어져 날리는 듯한 걱정을 보았던 것이다.

나는 그러한 너의 태도가 몹시 대견스럽고 자랑스러웠다. 그날 밤, 너는 하나의 완성된 생각 속에서 미래의 남편에 대한 상, 그런 맥박을 느끼는 듯했다.

그로부터 많은 시간이 흘렀다. 그리고 돌연히 너의 의문점들이 감탄 부호처럼 일어났던 것이다.

이 점에 대해서 우리가 알게 된 첫 번째의 일은 어느 날 저녁 식사 무렵이었다.

네가 그 먼 대학 기숙사로부터 장거리 전화를 걸어왔지. 아마 너도 잘 기억하고 있을 거다.

그때 너의 목소리에는 한여름의 푸른 잎사귀들처럼 풋풋함과 기쁨에 찬 새로운 기대감이 깃들어 있더구나. 사실, 너의 숨가쁜 목소리는 굉장한 것이었단다.

"아빠! 우리 기숙사에서 일하고 있는 정말 굉장한 남자가 있어요. 그는 제가 만난 사람 중에서 제일 재미나는 사람이에요. 세계 일주를 몇 번씩이나 했다나 봐요."

−네 말은 그랬지만, 내 생각엔 단지 두 번쯤, 아마도 유럽이나 아시아 몇몇 나라를 여행했을 거라고 믿어진다. 그렇지 않겠니? 어떤 사람이 그렇게 자주 세계 일주를 할 수 있단 말이냐? 직업 해군이라도 그 이상은 힘들 것이다.

전화 속에서의 너의 정겨운 목소리는 작은 시냇물처럼 한없이 종알거렸음을 이 아빠는 지금도 명확히 기억하고 있다.

"그는 모든 점에 대해서 저보다 훨씬 많은 것을 알고 있어요. 그리고 그 이는 정말 훌륭해요. 텔레비전이나 컴퓨터에 관해서도 거의 모르는 것이 없어요. 전자공학을 전공했대요. 더구나 놀라운 것은 라틴 아메리카에 관해서는 실제적으로 권위자에 가까와요. 그것이 그의 또 다른 전공이래요. 어머나! 그의 이름이 빈센트라는 걸 말씀드리지 않았군요. 이름도 참 좋지 않아요? 그 사람은 고학으로 학교를 졸업했어요. 그래서 많은 일을 해보았다는 거예요. 그 뿐만이 아니예요. 그는 너무 잘 생겼어요. 아마 그처럼 사물을 바르게 이해하는 사람을 아빠도 아직 못 보셨을 거예요. 그는 어느 누구라도 제기하는 주제에 대해 실예를 들면서 조리있게 이야기할 수 있기 때문에 많은 사람들이 그를 좋아하고 있어요."

그리고 등등…… 너의 이야기는 길기도 했단다.

또 네가 하도 나를 분망하게 만들어서 나는 그 전화가 수신자 부담이라는 사실조차 잊고 있을 정도였다.

그때 문득 떠오른 생각은 내 친구인 짐(당시 그 친구는 전화국장을 맡고 있었다)에게 이 역사적인 사건을 위해서 특별 할인을 해줄 수 있는지 묻고 싶은 유쾌한 시간이었다.

그런데 네가 그것도 부족해서 그 신나는 이야기를 너 자랑스럽게 들려주고 싶어서 다시 통화를 해왔지. 정말 너의 열성은 대단한 것이었다.

얼마동안을 너의 열띤 목소리에 빠져있다가 마침내 나는 현실로 돌아왔고, 너의 때아닌 긴 전화로 하여 혹시 교회에 긴급히 전화를 걸어올 사람들에게 해가 미치지 않았는지, 아니면 그분들을 위해 전화를 따로 신설해 놓아야겠다는 엉뚱한 생각까지 해본 아빠의 하루였다.

드디어 그 젊은이가 시간이 허락되는대로 그의 멋들어진 조그마한 물방개 같은 폴크스바겐 차로 너와 함께 우리 가족을 만나보기로 너와 합의 사항으로 약속하고 그날의 대화를 끝낸 것으로 기억된다.

"도대체 어떻게 된 거예요?"

내가 수화기를 내려놓자 네 오빠 중의 누군가가 물어왔단다. 너의 그 돌연한 소동은 결국 우리 가족 전부에게 호기심과 기대감을 가져다 주었지. 그래서 나는 아주 선언해 버렸다.

"카렌의 장래 남편에 대해서 이야기를 좀 했다."

"그 애의 뭐라구요?"

그러자 온 식구들은 함성을 지르며 놀라는 빛이 역력했지. 그리하여 그날 밤 우리는 네 문제에 관해 아주 진지하게 늦도록 가족회의를 가지게 되었다. 그만큼 너는 우리의 소중한 꿈이란다.

그 후 너는 그 젊은이를 아무 부담없이 집으로

데리고 왔고, 그래서 우리는 네가 무엇을 바라고 있는 지를 곧 알 수 있었던 것이다.

이미 우리가 그 중대한 일로 함께 둘러앉아 상의했던대로 너의 작은 가슴 안은 온통 그 젊은이에 대한 짙은 꿈으로 가득 차 있다는 사실을 확인할 수 있었다.

사랑에 관해서 쓰여진 가장 훌륭한 것 중의 하나가 성경의 '고린도 전서' 13장이다.

네가 그걸 읽게 될 때 전체 내용을 통해 유일하게 반복되는 뜻이 무엇인지 잘 살펴보기 바란다.

내가 가장 좋은 길을
여러분에게 보여드리겠습니다.
내가 인간의 다양한 언어로 말하고
천사의 말까지 한다 하더라도
사랑이 없으면
나는 울리는 징과
요란한 꽹과리와 다를 것이 없습니다.
내가 하나님의 말씀을 받아 전할 수 있다 하더라도
온갖 신비를 환히 꿰뚫어 보고
모든 지식을 가졌다 하더라도

산을 옮길 만한 완전한 믿음을 가졌다 하더라도
사랑이 없으면
나는 아무것도 아닙니다.
내가 비록 모든 재산을 남에게 나누어 준다 하더라도
또 내가 남을 위하여 불 속에 뛰어든다 하더라도
사랑이 없으면 아무 소망이 없습니다.
사랑은 오래 참습니다.
사랑은 시기하지 않습니다.
사랑은 자만하지 않습니다.
사랑은 무례하지 않습니다.
사랑은 성을 내지 않습니다.
사랑은 앙심을 품지 않습니다.
사랑은 불의를 보고 기뻐하지 아니하고
진리를 보고 기뻐합니다.
사랑은 모든 것을 덮어주고
모든 것을 믿고
모든 것을 바라고
모든 것을 견디어냅니다.
사랑은 가실 줄을 모릅니다.
말씀을 받아 전한 특권도 사라지고

이상한 언어로 말하는 능력도 끊어지고
지식도 살아질 것입니다.
우리가 아는 것도 불완전하고
말씀을 받아 전하는 것도 불완전하지만
완전한 것이 오면
불완전한 것은 사라집니다.
내가 어렸을 때는 어린아이의 말을 하고
어린이의 생각을 하고
어린이의 판단을 했습니다.
그러나 어른이 되어서는
어렸을 때의 것들을 버렸습니다.
우리가 지금은
거울에 비추어 보듯이 희미하게 보이지만
그때에 가서는
하나님께서 나를 아시듯이
나도 완전하게 될 것입니다.
그러므로 믿음과 희망과 사랑
이 세 가지는 언제까지 남아있을 것입니다.
이 중에서 가장 위해한 것은 사랑입니다. (고린도 전서 13장)
'우리가 아는 것은 지극히 부분적이다.'라는 말을 잘

음미해 볼 필요가 있을 것이다. 이 구절을 쓴 사람은 마치 다음과 같은 말을 들려주는 것 같다.

"돌아서서 가없는 사랑의 광경을 다시 한 번 바라보기 바랍니다. 여기에 우리들이 다시 생각해 볼 깊은 의미가 있습니다. 인간관계의 아름다움은 한 번에 모든 것을 알 수 없는 어려움이 있는 것입니다."

이 말에 우리들은 여러 가지로 오래도록 감사할 수 있을 것이다. 그 한 가지 예로 사람들이 나의 모든 것을 일시에 알 수 없다는 것은 퍽이나 다행스러운 일이다.

그러나 바꾸어 생각해 보면 우리들 역시 다른 사람들의 모든 것을 다 알 수 없다는 것은 오히려 좋은 일이 아닐까?

그렇게 서로간의 이중 보호벽이 없다면, 아마도 우리 모두는 "지구여! 멈추어라. 그만 하직하고 싶다."라는 미친 사람들의 절망적인 대열 속에 끼어들고 싶을 것이다.

이것이 바로 결혼에 적용될 때, 그 어느 것보다도 훌륭한 선물이 될 것이라고 나는 믿는다.

그것은 찾아가 보고 싶은 나만의 섬과 같고, 오르고 싶은 산과 같고, 탐색하고 싶은 계곡과 같고, 미지의 새로운 것들이 저 멀리서 손짓하는 것과 같은, 누군가와 결혼한다는 것은 정말 비할 데 없는 훌륭한 하나님의 선물이다.

하지만 몇 가지 문제가 생겨나는 것 또한 잊어서는 안 된다.

그러므로 너는 단숨에 그런 사람들을 다루는 법을 완벽하게 배울 수 없는 인간의 나약함을 기억해 두어야 한다.

일단 무엇인가를 배우는 일을 시작하면 매일매일 지루하고 헛된 시간을 보내지 않을 것이고, 한편으로는 짜증스럽고 화가 치밀어 오르는 경우도 경험하게 되겠지.

그러나 네가,

"어쩜! 내 남편이 저런 짓을 할까? 무엇 때문에 그가 저와 같은 행동을 하는 것일까?"

하는 생각이 들 때면, 너는 당장 모든 것을 다 이해할 수 없는 그 사람에 대해 감사하는 마음을 가져야 한다.

이런 부분적인 깨달음의 아름다움이야말로 네가 사랑하는 사람과 함께 엮어가는 멋진 생(삶)의 여정에 과감하게 도전하는 시발점이 될 것이다.

만일 그 생의 아름다움을 네 마음대로 조정할 수 있다면 넌 곧 지쳐 버린다. 그러나 그 아름다움을 너의 가슴 속에 삶이라는 꿈으로 노래하고 키워갈 수 있는 원동력임을 깨달을 때, 비로소 삶의 의미를 발견하게 된다.

네 엄마와 내가 결혼한 지 벌써 26년이나 되었다. 그리고 진실한 생활의 이야기가 너희들 엄마한테서 매일같이 새롭게 생겨 난단다. 아버지는 지금까지 그런 일들을 경험하면서도 너의 엄마에 대해 조금씩 알고 이해하면서 전 생애에 걸쳐 알지 않으면 안 되겠끔 마련해 주신 하나님의 뜻에 늘 감사하고 있다.

'언제나 우리가 알고 있는 것은 한부분일 뿐이다.'라는 생각으로 내 마음은 늘 기쁨에 차 있다.

너는 우리 집의 가정부였던 엘리사를 기억하고 있을 것이다. 네가 어렸을 때 돌보아주던 아주 착실한 여인이었지. 그녀는 시간제로 일했지만, 늘 우리 가족과 같은 인상을 주었다. 그래서 우리는 서로 허물없이 이야기를 나눌 수 있는 좋은 이웃이었단다.

어쩌다 우리가 너희들 중의 누구에게라도 심하게 야단을 치거나 매로 제재를 가하기라도 하면, 그녀는 황급히 너희들을 두 팔로 꼭 껴안으면서,

"오! 하나님 섬김이 아직 멀었군요."

하고 입버릇처럼 말하곤 했지.

그 말은 우리들 부모된 사람들을 은연중에 타이르는 훌륭한 격려일 뿐더러 모든 걸 함께 하면서 살아갈 남녀에게 매력적인 역할을 할 수 있는 교훈이라고 믿어진다.

인생을 지나치게 다그치지 말아라! 인내를 위하여 기도하거라. 서로 성숙해 갈 수 있는 여유를 갖자.

들어보라. 지금 내가 저 깊은 곳에서 들려오는 말을 듣고 있듯이 너도 그 소리를 들을 수 있겠느냐? 저 멀리서 은은히

들려오는 내면의 소리 말이다. 잘 음미해 보기를 바란다.

정말, 이 말씀은 살아 있는 우리의 교훈이다.

결혼이란 하나의 의식이 아니라, 완성된 창조인 것이다.

– 끝없는 미지에의 기쁨을 빌며, 아빠가

LETTER_3

사랑은 이웃과 더불어

사랑하는 딸 카렌에게!

신성한 결혼이라는 말은 어느 누구에게나 아주 근사하게 들리는 교회에서 자주 인용하는 용어다. 이 말 속에는 자기가 찾고자 하는, 아무도 침범할 수 없는 신성한 안정감이 깃들어 있음을 느낄 것이다.

그러나 너도 잘 알고 있듯이 거기에는 두 개의 열쇠가 사용되지 않으면 안 된다는 사실을 깨달았을 것이다.

그것은 너희들 같은 젊은 여성과 남성이라면 각기 열쇠 하나씩을 가질 자격이 있으며, 그것을 현명하게 사용해야 하는 의무와 책임이 있음을 알아야 한다.

"내가 가지고 있는 모든 것은 당신의 것!"

"당신이 나를 원하시기만 하면 마음대로 할 수 있어요. 그러나 당신은 오직 나만의 것이어야 해요!"

"내 모든 것을 가져 가세요!"

등등의 말은 감상주의자들의 시답잖은 노래 가사에나 어울릴지 모르겠다.

최선의 결혼 생활이란 오디오 코드에 맞추어서 사는 것이 아니라, 두 사람이 서로 발전할 수 있는 여지를 남겨 두고서 점진적으로 결합하며 살아가는 과정임을 강조해 두고 싶다.

세상의 많은 일처럼 남편과 아내 사이에도 적절한 선이 있는 것이다. 결혼을 한다는 약속은 개성이 다른 두 사람이 함께 합일하는 행위로, 너희가 결합하는 관계에서 어디까지 자유의 한계선이 있는지 정확하게 말할 수 있는 사람은 아무도 없다. 그러므로 조심스럽게 시험해 보고 노력함으로써 두 사람이 갖추어야 할 한계를 알게 된다.

지금 나는 큰 충격에서 가까스로 벗어나 새로이 일상생활을 하고 있는 셀리라는 젊은 부인과 함께 일을 하고 있단다.

그녀의 남편은 매주 한 번씩 이유없이 외박을 하고, 게다가 어디서 누구와 함께 시간을 보냈는지를 밝히지도 않으며, 또 남편은 은연중에 그런 자신의 태도를 정당화하면서 이에 대하여 부인으로 하여금 생각할 시간적 여유를 주겠다고 말하더라는 것이다.

그러나 이 일은 그녀를 당황하게 만들었고 고통을 주는 아픔이 되었음은 물론이다. 두 사람은 결혼한 지 겨우 6개월 밖에 되지 않았나. 더군다나 그녀는 '결혼이란 서로의 모든 것을 숨김없이 털어놓고 합일하는 관계다'라는 관념을 가지고 살아온 터였다.

그러나 셸리는 비범한 젊은 부인이었다. 그녀는 일단 생각해 보겠다고 동의하고 나서는 온당한 답을 찾기 위해 나의 도움을 구했던 것이다. 우리는 문제를 서로 상의하면서 그 실마리를 남편이 살아온 배경 속에서 찾기 시작했다.

어떤 사람이 너를 고통스럽게 했을 때, 이것이 바로 새로운 인생의 훌륭한 시발점이 되리라는 것을 깨달아야 한다.

너도 잘 알겠지만, 때로 사람들은 상대편 때문에 일어난 일이 아닌데도 괴롭히는 경우가 있다. 그런 사람은 자기의 어린 시절에 풀지 못했던 억압된 감정이 우연한 기회에 폭발되어 예기치 않은 행동을 저지르게 되고, 지난 날의 심리적인 갈등이 사소한 일로 표면화되기도 한다.

한편으로는 서로 알기 오래 전부터 제기된 문제를 해결하느라고 전전긍긍하는데, 인간이라면 그럴 수 있다는 애매모호한 심리적 학설도 병행하고 있다.

이해를 바탕으로 하는 온전한 동정은 너희 두 사람 모두에게 분명한 효과가 있으리라고 확신한다. 네가 흘리는 눈물을 오랫동안 참을 수 있다면, 그 사람이 모르는 내면의 세계를 발견할 수 있을 것이다.

그리하여 네가 '사랑의 빛'을 주의 깊게 비추어 그

사람의 됨됨이를 찾을 수 있는 지혜에 눈뜨게 된다.

그러므로 네 마음이 아플 때마다 '이것은 그의 문제일지도 모른다. 그러나 이것을 나의 문제로 하기 전에 함께 성숙하기 위한 하나의 계기가 될 수 있을 지' 마음 속으로 아로새기며, 다시 시작해 보는 것도 현명한 태도이다.

이것이야말로 중요한 일이 아닐까? 적대감으로 반박하지 않고 진실한 사랑으로 감싸주기 위해서는 고도의 성숙함이 요구됨을 이해하거라.

다행히도 셸리는 자신이 받은 상처에 연연하지 않고 남편의 잘못에 주의를 기울일 수 있을 만큼 마음가짐을 성숙하게 가꾸었단다. 그녀는 자기 남편이 여러 형제들 중에서 막내라는 것을 중요한 관심사로 생각하게 되었지. 남편은 보통 사람들과 다르게 자라면서 자기만의 세계를 제대로 누려본 적이 없었다는 아주 새로운 사실을 알게 되었단다.

그는 소년 시절의 소중한, 자기만의 비밀스러운 아름다운 추억을 가져보지 못했다. 모든 일을 부모가 결정지어 주었던 것이다.

십대가 되었을 때 어떤 데이트이든간에 꼭 부모의 물음에 대답해야만 했다. 한편 그녀는 시아버지가 집안 식구들 뿐만 아니라, 어느 누구도 믿지 못한다는 결핍된 성격을 알게 되었지.

그녀와 나는 예상하지 못한 문제들을 의논하면서 여러

가지의 가능성을 고려해 보았다. 이에 그녀는 불성실한 남편을 보복할 생각으로 이유도 없이 일주일에 한 번쯤은 가출해 보리라는 단호한 마음도 가져 보았지만, 그것이 곧 자기가 취할 수 있는 최선의 방법은 아니라고 단정하기에 이르렀다.

"처음에는 그렇게 함으로써 그이를 집안에 묶어둘 수 있을런지는 모르지만, 그렇다고 문제가 해결되는 것은 아닐 거예요. 그이는 누군가가 자기를 완전히 신뢰하고 있다고 생각해 주기를 바라고 있어요. 그뿐만 아니라, 외박을 한다는 것은 저 자신으로서도 아주 괴로운 일이에요."

라고 그녀는 자성하듯 말했다.

그런 다음에 그녀는 내가 기록해 둘만한 다음과 같은 훌륭한 말을 남기며 나와 작별을 하게 되었다.

"이젠 결심했어요. 저는 전적으로 그이의 것이고, 그이 또한 제자신이라는 생각이 들도록 노력하는 일이지요."

그것은 결혼한 지 일년도 안 되는 미숙한 결혼 초년생으로써 얼마나 대견스러운 고찰이며 현명한 태도인가. 넌 그렇게 생각되지 않니?

마침내 그녀는 남편의 모든 요구를 용감히 받아들였다. 어느 누구에게도 비밀로 한 채 신나는 외박을 하도록 말이다.

지금까지 석 달이 되었단다. 그 동안에 무슨 일이

일어났는지는 네 판단에 맡겨보고 싶구나.

이제 그녀의 남편 제프는 그 '자유스러운 밤'을 점점 집에서 보내거나 아내를 데리고 외출하기에 이르렀다. 그녀의 남모르는 방식이 매우 적절하게 적중되어서 지난 주에는 남편이 자기 혼자서 외박했던 밤에 일어난 일들을 모두 스스로 털어놓더라는구나. 제프의 말에 의하면 혼자서 영화 구경을 하거나 친구들과 어울려 당구를 치는 일이 고작이었다는 것이다. 나도 그의 말이 사실임을 믿는다.

여기에서 너는 그녀가 여성다운 사려 깊은 자세로 남편이 필요로 하는 그 나름대로의 자유를 누리게 했던 것이지만, 그녀 또한 남편이 자신도 모르게 그녀에게 더 가까이 오도록 끌어당기고 있었다는 사실을 알았다.

그들의 결혼 생활이 반대로 그녀와 남편이 함께 곤경에 처하게 되었을 때 그와 마찬가지로 그녀를 슬기롭게 이끄는 다음 단계가 있음을 너도 파악했을 것이다.

불행하게도 전혀 의식하지 못하는 남자들도 있다. 그러므로 성공적인 남편이란 '귀여운 여인'을 자신의 끝없는 욕망의 감옥에 가두어 두고 싶다는 강렬한 망상에 빠진 남성임을 말하는데는 놀라지 않을 수 없다.

어떤 여자들은 남편이 그렇게 다루어도 아무런 불평없이

순종하고 자기의 개성마저 포기하고 만다. 하지만 그런 자기 비하가 최선의 결혼생활이라고는 볼 수가 없는 중요한 견해가 있다.

'함께 함'이란 언제나 건전하기 만한 것은 아니다. 이에 대해 내 친구 정신과 의사의 말처럼 '공생적'일 수도 있다. 이와 같은 관계란 일상적인 말로써 정서적으로 병이 든 두 개체가 일정 기간 동안 혹은 평생토록 그들을 지지해 주는 형태로 이루어지는 것을 뜻한다.

너는 결코 그러한 여자가 아닐 것이다. 독단적인 남편의 강력한 지배 밑에서 자신의 개성을 잃어버린다면 완전한 아내가 될 수 없다. 반대로 똑같은 현상이 될 것이라는 사실을 깨달았을 때 비로소 참다운 결혼의 의미를 찾을 수 있다.

그러므로 '함께 함'에 관한 이와 같은 흥미로운 역설을 두 사람은 기억해 두기 바란다. 그것이 너희 두 사람에게 적절하다면, 어느 정도의 '따로 함'도 포함되어 있을 것이다. 즉 네가 '따로 함'을 위하여 필요한 여지를 마련하면 이는 바로 '함께 함'을 이끌기 위한 한 가지 방법이 된다는 사실이다.

다른 말로 표현하자면, 네가 자유롭고 싶을 때 두 사람은 그만큼 더 쉽게 하나가 될 수 있는 기회라고 단정할 수 있다.

내가 알고 있는 저명한 심리학자들에 의하면 정신 건강은 진정한 자기의 모습을 발견한 다음, 그것을 누군가 다른 사람에게 털어놓을 수 있는 능력 여하에 달려 있다고 한다. 현명한 부부되기 위해 이러한 마음가짐을 자연스럽게 받아들이면, 결혼 초부터 깊은 이해로 쌍방의 필요한 통행로를 만들어 나가기 시작할 것이다.

우리는 지난 번 편지에서 '성숙하기'에 대해서 얘기했지. 이와 다르게 '외적으로 성숙하기'에 관하여 이야기해 보도록 하자. 그리고 '동반 예술'에 대해서도 생각해 보자.

여기에서 너희 두 사람은 함께 외출하는 것보다 혼자 외출하는 것이 때로는 서로가 더욱 가까워지기 위한 건전한 행로의 첫째 단계로 나가는 좋은 방법임을 염두에 두어야 한다.

이렇듯 두 사람은 각각 다른 특별한 흥미와 취미를 즐기는 곳을 찾아갈 수 있도록 서로가 양해하는 여유로움을 지녀야 한다. 너만의 친구들이 있는 것처럼, 그에게도 친구들이 있는 것이다. 너에게는 시들해 보이는 것이 그에게는 중요한 관심사가 될 수 있다는 사실이다. 네 쪽에서 보아도 마찬가지다.

그러나 성숙한 커플들은 하나가 되어가면서 서로의 개별적인 개성의 발전을 위해 충분한 자유를 구가하며 풍요로운 성공을 거두고 있다.

실제로 상호 독립성은 네가 물려 받은 선천적인 유산이기도하다. 그것은 가정적인 배경과 교회와 학교, 그리고 나라가 너에게 이토록 훌륭한 인생의 길을 열어준 것이다.

그러므로 너희들 두 사람이 이룩한 가정이란 삶의

보금자리가 처음에는 두 사람이 살다가 나중에는 아이들과 함께 공생하며, 마침내는 서로를 위한 신성한 권리와 특권을 지니고 살아가는 작은 공화국이 되도록 힘써 나가거라.

무엇보다도 서로간의 프라이버시를 지나치게 침해하지 말아라. 또 답답할 정도로 생활의 범위를 조이지 않도록 늘 경계하거라.

이것은 자기의 연인을 사랑하기 때문에 이 세상의 모든 것을 함께 하고자 하는 진지한 명령과 같은 것이다. 그것은 네가 빈센트를 사랑하고 있다는 확실한 증거가 된다.

너는 그의 모든 것이 되고 싶고, 그가 너의 모든 것이 되어 주기를 바라고 있다. 서로를 향한 똑같은 마음이라고 우리는 믿고 있다. 그러나 너에게 꼭 한마디 전하고 싶은 것이 있다.

그것은 너희들 서로에게 있어서 높고 신성한 본래의 창조성을 발전시킬 수 있을 만큼 충분한 자유를 서로가 보장할 수 있어야만이 완전한 결합이라는 숭고한 고지에 이를 수 있다는 것이다.

이것이야말로 신성한 결혼, 즉 두 사람이라는 개체가 결국에는 하나가 되어 가정이란 텃밭에서 사랑을 성숙시키면서 자신들의 뜻이 이루어지는 것이란다.

— 서로 자유롭기를 빌며, 아빠가

LETTER_4

매일 매일을 새롭게 사는 여자의 지혜

내 사랑하는 딸 카렌에게!

나는 우리 집안의 분위기가 너에게 항상 밝고 신선한 즐거움을 주었으리라고 생각하고 있다. 이건 이 아빠 삶의 바램이고 작은 소망이기도 하다.

내가 결혼한 후 완전하다고 생각했던 네 엄마와의 애정 속에서 슬며시 싹튼 불만을 더듬어 볼 때 한 가지 기억에 떠오르는 일이 있다. 이건 나 혼자만의 비밀이지만, 사실은 너의 새로운 삶을 개척하는데 도움이 되지 않을까 하는 아빠의 노파심에서 고백하는 것이란다.

결혼 초에 네 엄마는 옷장문을 열어둔 채로 놔두는 내 버릇을 견딜 수 없이 싫어했다. 그러나 나는 솔직히 이런 일을 아주 대수롭지 않게 생각하고 있었지.

대개의 남자들이 그렇듯이 자기 셔츠를 바꿔 입어야 할

때는 맨 윗서랍에서 한 가지를 골라 입고서는 그냥 열어둔 채로, 또는 양말이 필요할 때는 세 번째 서랍에서 꺼내 신고는 다시 닫지 않는 것이 일상적인 습관이었지.

너에게 솔직히 말하지만 옷장문을 여닫는 일은 하나님이 여자에게만 주신 일로 생각하고 있었단다. 사실 네 할머니께서도 20년 동안을 거의 매일 내 뒤에서 옷장문과 서랍을 닫아 주셨거든…….

그런데 결혼한 지 20시간도 채 안 되어서 내 사랑스러운 신부가 습관적으로 만성이 된 소홀함을 묵인할 수 없다는 것은 나를 당황하게 만들었고, 뭔가 남편의 권위를 무시하는 것 같은 기분이 느껴지는 반면에, 울화통을 터지게 했던 네 엄마의 극성을 지금에 와서 너에게 얘기한다는 것은 아빠로서는 좀 난처한 입장이 되는구나.

영원히 하나로 묶여진 내 아름다운 아내가 지독스러운 버릇을 갖고 있다는 새로운 사실이 나를 당황하게 했고, 의혹의 시선을 갖게 했다.

왜냐 하면 네 엄마는 치약을 밑에서부터 조심스럽게 눌러 짜는 것이 아니라 중간에서 꽉 짜 버리는 것이었지. — 너도 결혼 전에는 전혀 의식할 수가 없었던 일들이 이 편지로 인해 비로소 알게 되었으리라 생각된다.

네 엄마는 왜 이렇게 지독한 행동을 보여주었을까? 그것은 항상 그런 식으로 치약을 눌러 썼기 때문이다. 엄마네 식구들은 치약 쓰는 방법에 대해서는 전혀 무관심했던 거야.

그러나 옷장문에 대해서는 몹시 신경을 썼던 것이다. 엄마네 식구들은 옷장문을 여닫는 것이 정리 정돈과 질서를 지키는 상징이었기 때문이다.

이것은 다른 의미를 갖고 있다는 증거가 되기도 하지. 한 가정의 식구들은 다른 한 사람에게까지도 상당한 영향을 끼치게 된다는 사실이다.

물론, 지금에 와서 생각해 보면 모두 어리석은 일들로 작은 추억거리에 불과하지만, 이 말은 우리가 갖고 있는 일상적인 버릇들 가운데 멋진 한 면이라는 것이다. 이런 일들은 가까이서가 아니라 멀리서 객관적으로 볼 수 있다면 재미있고 우스운 놀이와 같은 거란다.

나는 네 마음 속에 있는 익살스러운 면을 활짝 열어놓고 소리내어 웃어 주기를 바란다.

— 웃음의 추억이 되는 일들을 위해, 아빠가

LETTER_5

결혼은 약속이지 결정은 아니다

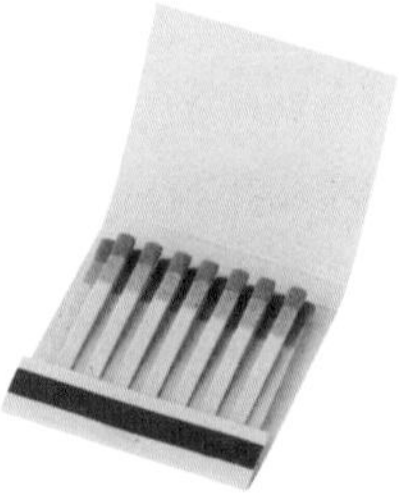

사랑하는 카렌아!

너는 어머니와 내가 알고 있는 행복한 결혼에 관한 이야기 중에 바브와 헬렌의 결합을 한 예로 인생 항로의 지침으로 삼기 바란다.

표면상으로 그들 부부에게는 거의 공통점이 없는 것처럼 보였다. 남편 바브는 매사에 능동적인 박력 있는 남자인데 비하여 헬렌은 너무나 소극적인 여자였지.

바브는 어떠한 파티라도 즐겨 참석했으나 헬렌은 결백증에 가까울이만큼 남 앞에 나타나기를 매우 꺼려 하는 여자였다. 그러나 두 사람은 열렬한 사랑에 빠져 있었단다.

우리들은 이런 사실을 한 파티에서 처음으로 알게 되었다. 내가 초청 연설을 하고 있는 동안 그들 두 사람은 때때로 손을 서로 잡고 있었고, 다정한 눈길로 마주 바라보다가는 웃음 지으면서 그들 두 사람만의 은밀한 뜻을 표정으로 나누곤 했다.

그런 어느 날 저녁에 너희 어머니와 내가 그들의 집으로 초대를 받게 되었단다. 그때 너도 함께 갔었더라면 참 좋았을 것이다.

바브가 여러 차례 부엌으로 가서 뭐 도와줄 일이 없느냐고 묻는 소리가 들리곤 했지. 한 번은 헬렌이 "됐어요. 여보, 이젠 쉬세요."라고 했고, 그 다음엔 그가 물을 부어주는 소리가 들리더구나.

우리가 식탁으로 갔을 때 바브는 아내에게 의자를 갖다주고는 아주 자연스럽게, 그리고 무엇이든지 자기 아내에게 먼저 권하더구나. 전혀 우리들을 의식하지 않는 것 같은 행동에 나는 사실 속으로 놀라고 있었다. 예절교본에서는 이러한 행동을 뭐라고 할지 모르지만, 내 생각으로는 남자의 체면과는 무관한 것 같은 새로운 인상을 받은 것도 사실이다.

그때 그의 아내는 조금도 사양치 않고 차분하게 남편의 뜻을 받아들이는 것이었다.

정말 멋있는 광경이더구나. 그 만찬은 시작부터 끝날 때까지 웃음과 존경으로 가득 찬 훌륭한 저녁 만찬이었다.

대화를 나누는 가운데 젊은 남편은 여러 차례 화제로 나누는 의견에 아내의 의향을 물었으며, 그녀가 자기의 견해를 말하면 조용히 경청하는 태도는 너무나 정중한 것이었다. 식사가 끝나고 나서도 남편은 우리에게 양해를 구한 다음 설거지를 거들어 주는 것이었다.

만찬이 끝나고 그의 잡다한 일이 있은 뒤 바브와 나는 그의 서재를 구경하게 되었는데, 그때 나는 그에게 몇 가지 물어보기로 했지.

"바브! 당신과 부인 헬렌은 서로 완벽하게 조화를 이루고 있는 부부로 보이는군요. 잠시 동안 살펴보았지만, 매우 훌륭한 부부이십니다. 난 결혼 생활이 원만하지 못해서 불행해진 사람들을 많이 보아왔어요. 그런 사람들에게 전해 줄만한 비결이라도 갖고 계신 지 말씀해 주실까요?"

라고 물었다.

그는 웃음을 지으며 당황했다기보다는 잠시 머뭇거리더니 아주 훌륭한 이야기를 들려주는 것이었다.

"우리들도 결혼 초기에는 많은 어려움을 겪었어요. 참기 어려운 일들이 많았지요. 실제로 우리는 이혼하자는 이야기까지 했었으니까요. 그런데 그 무렵, 아주 우연히 한 권의 책을 읽고 해결의 길을 찾았어요. 그래서 이런 방법을 택했지요. 우리 두 사람은 서로에 대해서 싫어하는 점들을 사실 그대로 털어놓은 다음, 그것을 내용으로 목록을 만들기로 했습니다. 정말 어려운 일이었습니다. 하지만, 우린 인내심을 갖고 서로의 갈등과 미워하는 이유에 대해서 조심스럽게 나열해 보았지요. 읽어 보면 자존심이

상하는 곤란한 내용들이었으니까요. 어떤 것들은 단 한 번도 말한 적이 없는 내용도 있었고, 사실에 전혀 근거 없는 이야기도 쓰여 있었어요. 다음으로 우리는 웃음이 나올만큼 어리석은 짓을 했어요. 뒤뜰에 있는 쓰레기통으로 가서 지금까지 쓴 것들을 모두 태워버렸어요. 우리는 무한한 공간 속으로 연기가 되어 사라지는 불신의 감정을 조용히 지켜보고 있다가 오래간만에 처음으로 팔을 벌려 포옹을 했답니다. 그리고 나서 다시 집안으로 돌아와 이번에는 우리가 생각해 낼 수 있는 모든 좋은 점들에 관한 목록을 만들었지요. 그것들을 나열하는데 꽤나 많은 시간이 걸리더군요. 왜냐 하면 결혼생활은 서로를 위해서 필요했었으니까요. 우리 두 사람은 인내로 그걸 해 냈어요. 그런 다음에 우리는 또다른 어리석은 짓을 했지요. 침실로 가 보실까요? 보여드릴 것이 있습니다."

그들의 침실은 단아하고 밝고 또 할머니로부터 물려받았음직한 큼지막하고 오래된 침대 위에는 그들 부부만이 향유할 있는 행복이 깃들어 있음을 느낄 수가 있었다.

그런데 그 침실 벽에는 단풍나무로 만든 작은 나무 상자가 두 개 매달려 있는 것이 나의 시선을 끌었다. 그 속에 무엇이 들어있었는 지 짐작할 수 있겠니?

한쪽 나무 상자 속에는 아내가 남편의 좋은 점을 골라 쓴 것이 들어있었고, 다른 상자 속에는 반대로 남편이 아내의 좋은 점들만을 쓴 쪽지가 들어있더구나. 두 사람의 장점들이 그 나무 상자 속에서 웃고 있는 것이었다.

바브는 약간 멋적어 하면서 말을 이었다.

"우리에게 비결이 있었다면, 아마, 이것인가 합니다. 우리는 최소한 하루에 한 번씩 상자 속의 내용을 읽기로 합의했지요. 물론 이제는 거의 외울 정도가 되었지만요. 이것들이 나에게 무엇을 해 주었는지 정확하게 말하기는 매우 어려워요. 나는 차를 운전할 때나 손님을 기다리면서도 외우죠. 다른 사람들이 그들의 아내에 대해서 불평하는 것을 듣게 될 때는 나는 아내가 작성한 나의 목록을 생각하면서 행운의 별들에게 감사를 드리곤 합니다. 웃으실지 모르지만, 나는 아내가 나에게서 발견한 좋은 점들을 생각하면 할수록 그만큼 더 그렇게 되려고 노력하게 되지요. 그리고 내가 아내의 좋은 점들을 진실로 이해하게 되었을 때, 나는 이것을 더욱 더 늘려가려고 부단히 노력했습니다. 이제 난 내 아내가 이 세상에서 가장 훌륭한 사람이라고 믿으며 또 그런 확신을 갖고 있습니다. 아내도 아마 그렇게 저를 사랑하고 있으리라고 생각합니다. 그 비결이라는 것에 대해서 말씀드릴 수 있는 전부입니다."

내가 이 부부의 훌륭한 화합술을 결혼 상담에서 여러 차례 이야기했다는 것을 알면 너도 흥미를 느낄 것이다.

나는 이것이 놀라운 기적을 이루는 삶의 지혜로 본 것이다.

많은 사람들은 결혼 전에 서로 갖고 있었던 훌륭한 생각들을 쉽게 잊어버리고 만다. 또 이러한 일들은 살아가는 동안 우리도 모르는 사이에 하나씩 살금살금 사라져 버린다는 사실이다.

"그녀는 다 좋지만……"라던가, "그가 좀 더 훌륭해지기만 한다면……"하는 식으로 우리들의 생각이 부정적으로 기울어지게 하는 것이다.

그러므로 너희들 두 사람은 집안에서 서로에게 끌리도록 노력해야 하고, 밖에서는 다른 사람들의 좋은 점들에 감사할 줄 알아야 한다. 이와 같이 결혼생활을 이끌어가게 되면 주위 사람들도 아주 친절하게 좋은 이웃이 되리라고 믿는다.

다시 한번 너의 생각을 살찌어 줄만한 한마디를 성경의 고린도 전서 13절에서 찾아보마.

'사랑은 불의에 기뻐하지 않고 의로움 속에서 기뻐하느니라.'

— 적극적으로 자상의 삶을 개척해 나가기를 바라며 아빠가

LETTER 2 여자의 자리에 서라

LETTER_6

여자의 역할은 많을수록 좋다

사랑하는 카렌에게!

'무엇이 결혼을 훌륭하게 만드는가?'라는 주제로 쓴 어느 소녀의 짧은 수필에 대하여 이야기해 본 적이 있었음을 기억할 거다.

그 소녀의 수필에는 이런 대목이 있었지.

'결혼하고 싶다는 마음은 여러분이 서로 바르게, 충분히, 의미있게 사랑할 때라고 생각합니다. 결혼을 훌륭하고도 완전하게 이루기 위해서는 서로에게 오래오래 친구처럼 대하고 온유하게 정중해야 된다고 생각해요.'

두 사람의 남녀가 사랑을 요구할 때는 서로를 즐겁게 해주려고 많은 방법을 찾기에 열중함은 너도 잘 알고 있을 것이다.

"그를 위해 무엇을 해야 할까?"

"그녀가 이것을 좋아할지 모르겠군."

이런 말은 사랑하는 사람들 사이에서 흔히

찾아볼 수 있는 감미로운 속삭임이다.

그러므로 현명한 연인들은 이러한 사랑의 표현을 결혼생활에까지 지속하며 세월이 흐를수록 그러한 표현들을 더욱 즐겨 쓴단다.

또 어떤 때는 행동으로 감정의 깊이를 전달하기도 하지. 아무 말없이 정겨운 행동을 함으로써 말로는 다 할 수 없는 뜻과 애정을 전할 수 있을 것이다.

그러나 상당수의 부부들은 그러한 감정과 능동적인 표현을 중도에서 쉽게 포기해 버림으로써 스스로 얻은 사랑을 조금씩 잃거나 놓쳐 버리는 안타까움이 있음을 깨달아야 한다.

이런 일은 결혼생활을 영위하는 동안 불현듯 발생하기도 하지만, 대개는 서로가 당연한 것처럼 여기기 시작하면서 애정에 대해 무감각해진다는 것이다.

최근 내가 실험한 결과에 대해 이야기해 주고 싶다. — 사실 이것을 말하기에는 내키지 않는다. 왜냐 하면 우리 남자들의 본연의 모습을 보여주는 것이기 때문이니까.

어느 주일 아침에 나는 설교를 끝마치고 남은 순서를 부목사님께 맡기고 2층에 있는 관리실로 올라갔다. 그곳의 창 너머로 주차장이 보였고, 나는 많은 분들이 집으로 돌아가는 모습을 지켜보고 싶었다.

한편 내가 의도하는 바는 아직도 아내에게

자동차의 문을 열어주는 다정한 남편들이 얼마나 되는가를 알아보고 싶은 마음에서였단다.

아마도 결혼 전에는 십중팔구가 데이트를 하면서 남자 쪽에서 자동차의 문을 열어주었다고 하면 틀림없을 것이다. 그러나 지금 내 앞에는 어떤 광경이 벌어지고 있는 것일까?

그 안타까운 통계를 너에게 전하려고 하니 좀 괴로운 입장이긴 하다. 열 명 중의 세 명이라는 적은 비율의 남편들만이 차의 문을 열면서 아내가 차에 오르는 것을 도와주고 있었다. 그 나머지 일곱 명의 부인들은 막강하고 존귀한 남편들과의 결혼생활을 통하여 스스로 그런 일을 포기할 만큼 자기의 입장이 약화되었다고 할 수밖에 없는 것 같았다.

너도 이해할 수 있겠지만, 이들이 나쁜 사람들이라서 그런 것이 아니라, 평범한 사람들이 흔히 겪는 무관심에 빠졌기 때문인 것이다. 즉 그들은 서로의 사랑을 요구하지 않고 있는데 원인이 있었던 것이다.

여기에서 내가 말하고자 하는 중요한 질문이 하나 있다.

너희들의 결혼생활은 과연 사랑을 지속시킬 수 있느냐, 아니면 단절 상태인가, 기사도 정신이 생활과 늘 함께 하느냐 혹은 날이 갈수록 매말라지느냐 하는 데 있다. 이에 대하여 너의 대답은 그 어린 소녀가 쓴 소중한 지침

'온유하고 정중함'에 의존 할 수도 있을 것이다.

그러나 실행에 대한 강조는 적절한 시기에 진지하게 골라서 하는 말의 중요성을 약화시키는 걸 뜻함은 아니다. 그러한 말이란 내가 알고 있는 한 훌륭한 결혼생활이라면 어렵지 않은 일들 가운데 불과하다. 하지만, 네가 마음 속에 깊이 간직하고 매일같이 가꾸지 않는다면 실행은 서서히 사라져 버리고 만다.

네가 친구 집을 방문하게 되었을 때. 그들 부부에게 서로를 칭찬하고 있느냐는 질문을 던져 보면, 아마 그들은 깜짝 놀랄 것이다. 사실 상당수의 부부들은 그러한 대화를 나눌 수 있는 통로를 가로막는 장치를 입에 달고 있다는 듯이 말을 하지 않는다.

그러나 서로에 대한 꾸밈 없는 칭찬은 생활에 활력을 가져다주고 즐거움에 찬 마음을 불러일으켜 주는 원동력이다.

어느 날 저녁 남자들의 모임에서 너를 염두에 두고 나는 참석한 사람들에게 '아내의 칭찬은 무슨 의미가 있는가?'라는 주제를 갖고 짤막한 답을 써 내도록 권장해 보았다.

이에 대해서 40개 이상의 답이 나왔는데, 여기에 그 중의 몇 개를 골라 적어보기고 한다.

—칭찬요? 좋지요. 어느 작가의 말처럼 나도 그렇게 하고 싶군요. 그것은 내가 베이컨을 사 가지고 귀가하면 아내는 거기에다 사과 소스를 발라주는 거와 같지요.

—서로의 칭찬은 결혼생활에서 가장 중요한 덕목이라고 봅니다. 아내가 나를 좋게 말할 때마다 맛있는 음식을 많이 주는 것 같은 기분이 듭니다. 그 칭찬대로 다 채우려면 나는 더욱 성숙해 가야죠.

—아내는 나의 가장 열렬한 팬이며, 대변인이죠.

얼마나 좋은 의견들이냐? 너희들도 그와 같기를 빈다. 한편 온전한 이해를 돕고자 몇 가지의 예를 더 들어보고 싶은 마음을 보내고 싶구나. 이 내용은 서로 칭찬을 주고 받고 싶지 않는 사람들이 쓴 것이 틀림없다.

—나는 가게를 경영하고 있는데, 우리 마누라는 꼭 남편을 찾으러 허둥지둥 달려오는 동네 여자들을 생각나게 하죠.

—내 아내는 칭찬이라는 걸 모른답니다. 그래서 난 이렇게 말하고 싶은 때가 있답니다. "아이구 맙소사. 하프랑 이제 그만 치시고 피리나 가져오시구려." 하고 말입니다.

—우리 클럽의 한 부인은 늘 자기 남편을 칭찬한답니다. 나에게도 그런 여자가 있었으면 얼마나 좋겠습니까? 내 아내는 칭찬이라는 걸 전혀 모르죠. 그녀는 언제나 사냥꾼처럼 내 결점이나 잡으려들지요.

이들이 바로 고통을 받고 있는 사람들이란다. 그러한 일이 빈센트에게는 결코 없기를 바란다.

사랑하는 딸아!

너는 그가 얼마나 훌륭한 존재인가를 말해 줄 수 있는

수천가지의 다양한 표현법을 배움으로써 언제까지나 너를 사랑하게 할 수 있다는 점을 꼭 기억하게 하거라.

그러자면 너는 어떻게 해야 칭찬을 받게 되는가를 배워 두는 것은 현명한 방법이다. 네가 꼭 새겨둘 만한 몇 가지 중요한 사항을 말해 주겠다.

모든 면에서 잘 하고 있다면, 네가 바르게 평가하고 이해하는 마음이 그가 자신의 잘못을 깨달을 수 있는 근거가 되어주어야 한다. 너는 그가 훌륭한 일을 했을 때 칭찬하는 것처럼 그가 좋지 못한 행동을 취했을 때는 옳지 못하다고 말할 수 있는 용기도 필요함을 명심하기 바란다.

그의 자아를 위해 필요한 영양을 공급하지 않을 때 나타나는 이상 징후를 알 수 있을 만큼 슬기로워야 한다. 대부분의 남편들은 자기 스스로를 과찬하는 경향이 있다. 네 남편이 그렇다면 분명히 칭찬을 필요로 하고 있다는 걸 염두에 두어라. 너희들이 다른 사람들과 함께 있을 때도 그 점을 살펴보아라.

만일 그가 직장에서 앞 사람을 밀어내고 좋은 자리를 차지하려고든다면, 이 역시도 너의 책임이 따른다. 그러므로 현명한 아내의 행동은 발코니에서도 첫 줄로 가는 데는 예의가 필요하다는 점을 일깨워 주는 것이다.

또다른 지표는 지나친 과민성이다. 그가 자신의 권위에 대하여

집요하게 방어적이거나 행복한 생활이 두 사람의 것이 아니라 다른 사람들의 인정에 의해서 평가된다면, 너는 올바른 삶의 궤도에서 이탈된 것이 아니라, 이미 이탈되어 있다는 것을 뜻한다.

현명한 아내가 되기 위한 다른 실마리가 있다. 대개의 남자들이란 여자가 칭찬하면 유혹 받고 싶은 나약한 마음이 있다는 점이다.

이러한 삶의 방정식은 두 사람 사이에서만 할 수 있는 비밀 게임으로 풀어나갈 수 있다. 네가 그것을 잘 활용하면 그 사람도 발전하여 얼마 후에는 이심전심으로 양보하고 양해하는 사랑의 가교를 이루어 두 사람이 새롭게 만날 수 있는 기회가 될 것이다.

그러나 시작이 매우 중요하다는 사실을 알아야 한다. 왜냐하면 남자들은 자기가 그렇게 되고자 노력하는데도 능력이 미치지 못하는 한계를 느끼기 때문이다. 이런 점은 우리들의 결혼 초기에 있어서 너의 엄마는 정말 최고였단다.

너도 잘 알고 있듯이 아빠는 축구며, 야구, 농구 등등 온갖 구기 운동에는 광적일만큼 열중했지. 비교적 체구가 큰 편이어서 그러한 운동에 약간의 소질이 있는 편이었지만, 사실은 무척 게을렀단다.

내가 뛴 운동장을 돌아보면서 나 자신을 평가해 보면 내가 하고자 했던 만큼 잘 하지도 못한 것이 솔직한 고백이다. 그러나 성공한 종목이 딱 한 가지 있다. — 비록 그건 잠시였지만, 어쨌든 성공했다 — 레슬링이었지. 중량급 최종전에서 주대표로 출전하여 승리를 거둔 것이다. 이는 내가 모든 운동을 좋아하였으나 딱 한번 가져본 승리였고, 그 후부터는 아무런 운동에도 자신이 없는 무명 선수로 전락해 버리고 말았다.

너는 이 사실을 네 어머니로부터 듣지 못했으리라. 너의 어머니는 이 자랑스럽지도 못한 비밀을 내 스스로가 발설할 수 있을 만큼 원숙해질 때까지 비밀을 지켜주었던 것이다. 너의 엄마는 재치있게 나에 대하여 칭찬해 줄줄 아는 현명한 아내이며, 성숙하고 완전한 어머니 역할을 해내고 있단다,

너의 그 사람도 마찬가지겠지만, 그때의 나는 정말 어려운 생활에 놓여 있었다. 그래서 많은 번민과 고통 속에서 내 젊음의 파편들을 줏어 모아 삶의 탑으로 쌓지 않으면 안 되었던 때였지. 나는 내 생활의 모든 것을 청산해야겠다는 결심까지 하기에 이르렀단다.

이와같이 네 남편에게도 자랑스러운 일도 부끄러운 일도 있을 것이다. 그러므로 너는 이러한 남자의 번민을 관찰하여 알게 되면 곧 마음의 문을 활짝 열고 그를 받아들여 고통을 감싸 줄 수 있는 여유로운 태도를 가져야 한다.

그러기 위해서는 시간이 걸릴지도 모르나 어차피 주어진 과제라면 곧 그것에 순응하여 자신을 가꾸며 즐거운 가정생활이 되도록 노력하기 바란다. 참으로 슬기로운 아내란 포용력 있는 자세를 지닌 여자를 말한다.

이제 이 이야기는 여기에서 끝내기로 하고 또다른 중요한 점을 찾아보기로 하자.

서로 사랑하며, 그 사랑이 최고조에 달했을 때 성실이란 것은 필연적으로 예찬되어야 하는 절대적 명제라 하겠다.

어떤 경솔한 여자들은 때와 장소를 가리지 않고 자신의 마음을 내보이는 어리석은 일들을 곧잘 저지르지. 이럴 때 남자들이란 겉으로 개방적인 여자를 좋아할 지 모르지만, 대부분의 남성은 사랑하는 여자가 말 많고 우쭐대는 것을 바라지 않는다.

그러므로 너 역시도 진실된 느낌이 들도록 말과 행동에 주의해야 할 것이다. 사실 그 사람은 너에게서 진실한 말을 듣기를 원하고 있다.

자, 이제 곧 우편 배달부가 올 시간이다. 편지를 봉하기 전에 중요한 말을 인용해 보자.

"제가 생각하기에도 당신은 참 멋있어요."

이 한 구절은 참으로 값진 말이라고 할 수 있다. 빈센트 역시 이 소중한 말을 너와 함께 하기를 진심으로 바라고 있단다. 그 사람 역시 이러한 말을 다양하게 구사하길 빌어보렴. 하지만, 그가 그렇게 하지 않더라도 우선 너부터 시작해 보려므나. 그가 진정한 양식의 소유자라면 곧 거기에 반응을 보일 것이므로, 그것은 생활의 밀도를 높여주는 촉진제 역할이 될 것이다.

너는 활달한 여자를 볼 때마다 사랑을 받을 줄 아는 여자라고 확신하겠지. 그것은 자신감에 찬 남자들에게도 나타나는 현상이다.

너희들이 서로 최선의 장점을 찾아 내고, 그것을 아름다운 말로 주고받을 수 있다면, 가장 훌륭한 화합 속에 한 행복의 오솔길을 찾게 될 것이다.

— 언젠가 훌륭한 칭찬이 오고가길 바라며, 아빠가

아마도 버몬트 지방에서 전해 오는 것으로 생각되는 옛이야기 하나 있다. 자기 아내에게 21년 동안이나 한 마디의 말도 하지 않은 괴짜 늙은이가 살았었다고 한다.

그런데 어느 날 아침 식사를 하면서, 그가 그 오랜 침묵을 깨고 "여보! 때때로 당신이 나에게 얼마나 중요한 존재인가를 생각하면, 당신에게 말을 안 하는 것이 내가 할 수 있는 최선의 방법이라는 생각이 들어요."라고 말했다는 것이다.

LETTER_7

한결같은 마음이 행복을 창조한다

사랑하는 딸 카렌에게!

사랑하는 카렌아! 어제 네가 학교에 가기 전에 나에게 묻기를 "이렇게 기분이 좋지 않을 때는 어떻게 할 수 없을까요?"라고 했지. 넌 빈센트가 풀이 죽어있다고 했는데, 난 네가 마음 속으로 슬퍼하고 있음을 알 수 있었다.

기분이란 모든 사람들에게 다 있는 자연스러운 감정의 흐름이라는 사실부터 알아두기로 하자. 내 경험으로는 남들에게도 예외란 없다. 이 문제 관한 만큼은 여자들이나 아이들도 예외는 아니다. 그에 대한 유일한 변칙은 정도나 장소·시간, 아니면 그것을 유발시키는 동기 이외에는 없는 것 같다.

'어느 때는 기분이 좋고, 어느 때는 기분이 말이 아니다'라는 노래 가사는 누구나 알고 있는 사실이 아니겠니?

거기에 대해서 세심한 배려의 생각을 가져보는 것도 정신

위생에 좋을 것이다. 사람이 평생 동안 살아가노라면 고층 건물의 에스컬레이터와 같이 오르락내리락할 때도 있지 않겠니? 음악에도 우울한 간주곡이 있고, 경쾌한 리듬이 있음을 너도 알고 있겠지.

자연에도 주기가 있으며 역사에도 회복기가 있는가 하면 침체기도 있게 마련이다. 이 세상의 모든 일이란 이럴 때가 있고 저럴 때도 있는 것이 삶의 흐름이란다. 그러므로 가정을 갖고 있는 남성들도 예외는 아닌 것 같다.

이러한 일들이 이루어지는 데에 대비해야 하는 축복에 오히려 감사하거라. 그러므로 사랑하는 사람이 좋지 않는 기분과 함께 깊은 우울에 빠져 있다면, 그 다음에는 보다 좋은 명쾌한 기분이 뒤따른다는 것을 알아야 한다.

그러면 너는 "기분이란 때로 자연스러웠다가 병적으로 돌변하는 것이 아닐까요?"라고 물을 지 모르지만, 그것은 분명히 그렇다. 그것을 측정하는 한 가지 방법은 거기에 소요되는 시간이다.

우울한 상태에서 기분을 전환시켜 다시 기운을 차리는 것은 마음이 정상적임을 나타내는 표시다. 또 한 가지는 그 회수를 살펴보는 일이다. 우울한 시간의 파편들이 자주 마음 속에 심한 갈등을 일으키고 있는지 살펴볼 일이다. 또다른 좋지 않은 징조는, 하루는 막연하게 몽롱한 의식 상태에 빠져 있다가 다음날 걷잡을 수 없는 깊은 잠에 빠져드는 증상이 심해지면 정신과 의사한테 도움을 청해야 한다.

그러나 무엇보다도 중요한 것은 그가 우울해질 때 너도 함께 덩달아서 우울해지지 않도록 최선을 다 하라는 당부이다.

물론 이러한 말은 쉽지만, 실제로 행하기에는 어렵다. 그렇게 되기 위해서는 많은 시간을 필요로 하며 상당한 안내가 뒤따름을 알아야 한다. 그러나 그가 우울한 기분에 젖어 있을 때 자칫하면 너도 우울해지는 감정에 휩싸인다는 점이다.

너는 그를 매우 사랑하고 있는 만큼 그와 모든 것을 함께 하고자 할 것이다. 너는 그 사람과 같은 기분, 우울해짐으로써 그를 도울 수 있는 것 같은 안도감에 놓일지 모른다. 그러나 최고의 '함께 함'이란 최저의 수준으로까지 함께 하는 것을 뜻하지 않는다.

그가 우울해 하고 있을 때 네가 최상의 친절한 마음을 지닐 수 있다면, 너는 그 어느 방법보다도 그의 회복에 도움을 줄 것이다. 그러나 너의 지나친 태도나 친절이 처음에는 그를 화나게 할지도 모른다. 왜냐 하면 우리 인간들은 자신의 잠재의식인 아집을 극복하지 못하므로 해서 상반된 감정을 갖게 되는 미완의 존재이기 때문이다.

내가 말하고자 하는 뜻은 기분이 좋지 않을 때 다른 사람들이 그러한 감정의 변화를 알지 못하고 있다는 사실을 알려주고 싶다.

그러나 이러한 우울증은 네가 그의 곁에서 조용히

바라보고 있노라면, 어느덧 지나가 버리고마는 일과성 같은 것이다. 그런 일이 완전히 가셔졌을 때, 우울로부터 완전히 해방되었을 때, 그는 자기의 두 발이 대지 위를 굳건히 딛고 있음을 알고 새로운 삶의 환희를 맛볼 수 있다.

이렇듯 충분한 시간 속에서 침착하고 진중한 자세를 가짐으로써 너도 예외없이 그와 같은 우울에 빠져 있다면 그 사람이 너를 그 깊은 절망의 심연에서 끌어내기 위하여 최선을 다하는 태도를 보여줄 것이다.

또 그 사람이 언짢은 기분에 젖어있을 때 너 역시도 기가 죽어 있는 한 가지 이유는 온당치 않는 감정으로 하여 너를 탓할 수 있기 때문이다.

이때 네가 쉽게 잘못을 저지르게 되는 이유를 분명히 알고 있으면서도 이렇게 자신에 대해 변명할 것이다.

"그의 기분이 안 좋은 것이 나와 무슨 상관이람?"

이렇듯 자기 책망이라는 감정의 수렁 속에서 헤어나지 못하는 것은 좋은 태도라고는 할 수 없다. 그러나 네가 솔직하게 다음과 같이 말할 수 있을 때 비로소 성숙함을 느낄 수 있을 것이다.

"저는 분명 그이의 문제라는 사실을 잘 알고 있어요. 그가 저에게 언짢은 태도를 보인다고 해도 제 자신을 책망하진 않겠어요. 제가 할 일이란 조용히 대비하는 것 뿐이에요.

그이가 저에게 기회를 주는대로 제가 할 수 있는 가장 성숙한 사랑을 느끼도록 마음의 준비를 하고 있겠어요."

나는 어느 재치있는 부인들이 사용하는 현명한 방법을 본 일이 있다. 그녀들은 기분이 더 나빠져버리기 전에 남편의 우울한 기분에 대비하여 만반의 준비를 갖추는 일이란다.

너도 남편의 약한 곳이 어디인지를 알아서 우울한 기분을 쫓아내기 위해 기분 전환의 바람을 불어넣을 수 있지 않겠니.

우리 친구들 가운데 그런 것을 가장 지혜롭게 해결해 나가는 부인들 중에 한 분은 말하기를, 자기는 남편이 저기압 기미가 보이면 남편에게 스테이크를 구워 달라고 한단다. 그리고 식사를 하면서 남편의 조리 솜씨에 대하여 칭찬해 줌으로써 그의 우울한 마음을 돌려놓기도 한다는 것이다.

그러한 경우라면 너희들은 춤을 추러 갈 수도 있겠고, 달빛을 받으며 드라이브를 함으로써 적당한 해독제가 될지도 모른다. 만일 그가 귀가해서도 찌푸린 얼굴이라면 제일 좋은 옷을 입고서 환영할 것이며, 그 다음엔 그가 알아서 하도록 내버려 두거라. 내가 알기에 대부분의 남자들은 집안에서 우울한 마음을 해소할 수 있다면 무엇이든 아까워하지 않는 습성을 지니고 있단다.

네가 이러한 일들을 해결해 나갈 수만 있다면, 그리고 익숙해진다면 서로를 알릴 수 있는 단계에까지 다다를 수 있을 것이다.

캐더린 앤서니라는 부인의 말을 빌면, 그들 부부는 다음과 같은 소중한 방법을 쓴다고 말해 주더구나.

즉, 남편이 사무실 일로 기분을 상했다거나, 보통 때와 같이 명랑하지 못하거나, 주식값이 떨어진다 거나 사업상으로 예기치 않은 일이 생기면 남편은 귀가할 때 모자에 붉은 리본을 단다는 것이다. 그것은 마치 "알아서 하세요. 여보! 오늘 저녁엔 자질구레한 언짢은 얘기는 안 하는 거요!"라고 간접으로 전하는 것과 같은 뜻이란다.

네가 해야 할 일이 하나 더 있음을 명심하기 바란다. 이것은 참 좋은 치료약이지. 네 엄마와 내가 찾아 낸 가장 효과적인 치료제란다.

"자, 말해 주시겠어요!"

— 늘 맑은 하늘과 같길 빌며, 아빠가

LETTER_8

먼저 여자의 자리에 서라

사랑하는 카렌에게.

"당신은 스스럼없이 하고 싶은 말을 서슴없이 하시는지요? 당신이 늘 생각하고 있는 문제를 가까운 사람들과 자주 의논하는 편인가요? 또 당신은 즐거움을 느낄 수 있는 주제를 갖고 있는지요? 그렇게 함으로써 당신은 마음 속 깊이 간직하고 있는 불확실한 감정을 해소시키고 있으신가요?"

이러한 질문은 혼전 상담을 맡은 카운슬러들이 흔히 주고받는 문답들이다. 내가 주례를 본 대다수의 부부들은 이러한 질문에 대하여 대답을 시원시원히 하더구나.

그러나 결혼한 지 몇 년이 지난 부부들과의 상담을 통하여 나타나는 문제들을 살펴보면 다음과 같은 불평들이었다. 혼전의 남녀들의 주장과는 매우 대조적이라는 것이다.

"있잖아요. 전화벨이 울리는데 아무도 받지 않을 때의

기분을 아시죠? 제가 꼭 그런 감정이에요."

"제가 그랬다고 남편한테는 제발 말하지 마세요."

"제 아내한테 한마디도 말씀하셔서는 안 됩니다."

"뭐라고요? 상의하라고요? 제 아내는
말이죠. 스핑크스와도 같아요."

"남편은 도대체 대답이란 걸 몰라요. 오직 불평만 하지요!"

"우리들의 경우는 말예요. 서로가
이방인들 끼리 결혼한 것 같아요."

이러한 이야기들은 내가 직접 들은 내용을 그대로 옮겨 놓은 것들이고, 그 이외에 여러 가지 문제가 상담의 내용이 되기도 한단다.

처음엔 두 사람이 해결할 수 있다고 확신한 일들인데, 어째 이러한 결과에 놓이게 된다고 생각하니? 여기에는 특별한 이유와 대답이 있을 수 있겠지.

그래서 이번에는 부부 사이에서 절대 필요한 의사 소통의 가교를 건설하는데 중요한 의미를 주는 것들에 중점을 두고 너와의 대화를 이어나갈까 한다.

대화를 통해서 두 사람의 속마음을 나누어 갖는 일이 결혼생활을 영위해 가는 기본이므로 이에 따른 세 가지 원칙과 절대로 해서는 안될 세 가지의 금기 사항에 대해서 이야기해 보기로 하자.

그것들은 네가 이해의 가교를 이룩하는데 많은 도움을 줄 것이다.

1) 그 사람이 외출했다가 집에 돌아올 때면
즐거운 표정으로 맞아 들여라.

어느 한 남자는 다음과 같은 이야기를 아주
자조적인 음성으로 털어놓았다.

"늘 그녀는 현관문을 열자마자 내 면전에
쓰레기를 퍼붓는 식이랍니다."

그의 계속된 얘기에 의하면 아내는 하루도 거르지 않고
좋지 않는 소식만을 골라서 지니고 있다가 그가 집안에
들어서기가 무섭게 들려준다는 것이다. 그가 열거한 이야기들
중에 몇 가지를 예로 들어보면, 대략 다음과 같다.

"작은아이가 또 이웃집 목욕탕을 망가뜨렸어요."

"부엌의 수도꼭지를 좀 고쳐봐요. 이미 닷새
전에 물이 샌다고 말했잖아요."

"아무개네가 이혼한대요."

등등 지겹도록 그의 부인은 끊임없이
불평을 늘어놓는다는 것이다.

이러한 언짢은 소식들은 남편이 집에 들어섰을 때 매우
좋지 않는 화제들이다. 때때로 예외가 없는 것은 아니지만,

이왕이면 좋은 마음가짐으로 얼굴을 대하여 나쁜 일들은 뒤에 생각할 수 있는 여유를 가지게 해주는 것이 현명하다.

그러나 남자들에게도 재미있는 현상이 있다. 위에서의 같은 현상을 싫어하는 남자도 집에 들어서자마자 하루 종일 밖에서 일어난 좋지 않은 이야기를 먼저 털어놓고 싶을 때가 있다는 것이다. 아마, 그러한 남자라면 자기가 먼저 반성을 해야 하지 않을까 생각된다.

결혼 초기에 너의 그 사람이 이런 유형의 남편이라면, 나는 방임해 두고 관찰해 보라고 권하고 싶다. 사실 그것은 공정하지 못한 경우도 있기 때문이다.

그러므로 너는 모든 것을 이해할 수 있다는 유연한 태도를 갖고 그를 대하고 맞이 하면서 슬기롭게 대처하는 지혜를 가져야 한다.

가능하다면 약간 실내를 어둡게 하고 음악이라도 틀면서 위로의 무드를 조성해서 그를 네 가까이로 당기거라. 그러므로 너의 마음은 번뇌하고 슬퍼하는 남편이 편안히 앉을 수 있는 위안의 의자가 되어야 한다.

결혼 초기에 네가 늘 그토록 부드럽게 행동하면 인생행로의 탄탄함을 그 사람에게 가르쳐 주는 기회가 되어 나중엔 그런 언짢은 말들을 집안에까지 가지고 오지 않는 지혜를 스스로 터득하게 될 것이다.

내가 보아온 바에 의하면 때때로 남편을 맞이하는 인사말을 한 번쯤 점검해 두는 것도 좋다.

2) 그와 함께 외출하는 시간을 미리 약속해 두어라.

우리가 구독하는 잡지 내용에 인상적인 만화가 한 편 실려 있었는데, 한 멋진 엄마가 잠자기 전에 두 아이들에게 이야기를 들려주는 장면이다.

"애들아, 너희 아빠는 키가 1미터 95센티나 되고, 검은 머리에 멋진 콧수염을 갖고 있으며, 피부가 끄을려 있는데도 골프라면 거의 미쳐 있단다."

라고 안타까운 얘기를 하는 그림이었다.

세상의 어느 남편이든지 자기 나름대로 즐길 수 있는 취미가 있게 마련이며, 너에게도 예외는 아닐 것이다. 어느 쪽이든 간에 서로 떨어져 있는 시간을 갖고 있다는 것은 결국 서로를 더 가깝게 해주는 그리움의 여울을 만들어주는 계기가 되어야 한다는 점이 중요하다.

그러나 스스로 어리석은 일들을 만드는 부부들이 의외로 많음을 경험하게 될 때, 난 그들의 문제가 너무 작은 것에서부터 시작된다는데 회의를 느끼곤 했다.

그것들 중의 관심사는 서로가 무관심할 정도로 함께 있는 시간을 갖지 못하고 다른 일에 너무 많은 시간을 빼앗기고 있다는데 문제가 있음을 지적하지 않을 수 없다. 제각기 다른 일에 열중하다보니까 부부라는 관계조차 잊을 정도로 떨어져 있게 됨으로써 가정으로부터 소외감을 스스로 만들고 있다는 것이다.

이러한 문제점은 어떻게 해결해야 될는지 그 방법을 생각해 보려므나. 어떤 경우에는 조금만 치료해 주어도 변화가 오기도 하지.

네 어머니와 나 사이에 '대화의 규범'이라는 약속을 만들어 놓고 지금까지 어렵지 않게 실행해 온 사실을 알고 있다면, 그것을 네가 가정을 이끌어 나가는데 도움이 될 수 있도록 적용해도 좋은 방법이 될 것이다.

너는 가족들간의 규범에 따라 우리 식구 모두가 찬성하고 실천해 나감으로써 집안이 얼마나 좋은 분위기에 놓이게 되었는가를 알고 있을 것이다. 너도 분명히 사랑 받고 있는 식구의 일원이니까.

우리는 저녁 식사 때 할 일없이 집안을 서성거리거나 배회하는 시간을 절약하기로 했지. 각자의 중요한 일에 대해 함께 의논하며 다른 견해로 의견이 분분할 때는 여유를 갖고 생각해보는 것이 우리 식구들의 중요한 일과였잖니.

이렇게 즐거운 대화를 나눈 다음 중요한 의견이 있거나 집안의 크고 작은 일들을 결정할 때는 투표를 하곤 했지. 이 모두가 '대화의 규범'이 아니고 무엇이겠니?

훌륭하게 결혼생활을 보내고 있는 한 쌍의 부부를 알고 있다. 그들 사이에는 자기들만의 '작은 약속'이라는 규칙을 만들어 갖고 있음을 알았다.

"우리가 만들어 낸 작은 약속은 생활의 중요한 기틀이 되었어요."라고 그들은 서슴없이 말하며 행복한 표정을 짓는 것이었다.

그들은 잠자리에 들고 난 다음 오늘 하루를 보내면서 가장 즐거웠던 일은 무엇인가를 서로 묻고 대답하기로 약속했다는 것이다.

이렇게 함으로써 이들 부부는 하루의 일상생활을 즐겁게 보내려고 노력하고 또 그렇게 함으로써 완전한 부부 관계를 이어나갈 수 있었다는 것이다.

또 어떤 부부는 최소한 일주일에 한 번은 함께 외식을 하기로 약속하고 쓸 비용도 저축해 놓는다는 것이다. 이와 같이 함으로써 일주일 동안 서로 간직하고 쌓인 작은 불만이나 고쳐야 할 점, 집안에 걸친 여러 가지 이야기를 나누면서 부부의 화목을 도모한다는 것이다.

이것은 서로간의 부부생활이나 가족 전체를 위해서 얼마나 훌륭하며 필요 불가결한 규범이며 약속인가를 너는 깨달았을 것이다. 물론 너희들 스스로가 만든 규범을 지킬 수 없는 경우도 있을 것이다.

그러나, 그러한 일에 너무 화를 내거나 고집을 부린

나머지 '시간의 강'을 건너 '이해의 다리'를 통과하는 일이 얼마나 소중한 것인가를 잊어서는 안 된다.

3) 그 사람의 일에 대하여 너무 신경을 쓰지 말아라.

어느 날 저녁에 한 중년 남자가 나의 서재로 찾아와서 수표 한 장을 내놓으며 감사헌금이라고 말하는 것이었다. 이 남자의 행동이 이상적인 아내에게 어떤 태도로 보였을까?

그 남자는 다음과 같은 말을 들려주었다.

"수익이 큰 이번의 특허는 사실 나의 아이디어가 아닙니다. 아내는 내가 하는 일에 대해 그녀가 할 수 있는 모든 정성을 쏟아주었지요. 책을 읽기도 하고 그것을 전문으로 하는 분으로부터 자문을 얻기도 했답니다. 그런데 이런 말을 하는 것이었습니다. 여보, 당신이 잘만 하면 콩을 까지 않고 겉만 보고 좋은 콩인지 나쁜 콩인지를 구별할 수 있는 전자눈을 발명할 수 있을 거예요. 장담할 수 있어요. 이것이 바로 그 내용을 알아낼 수 있는 방법이에요."

그리고 그녀는 그 아이디어에 관하여 자세하게 들려주더라는 것이다.

그의 이야기는 이것으로 끝나는 것이 아니었다. 이들 부부의 이야기를 통해서 한 남편을 섬길 줄 아는 아내의 지혜와 슬기를 배우기 바란다.

그는 다음과 같이 말을 이었다.

"아내는 내가 그 아이디어를 어디서 얻었는지 말하지 말라고 다짐을 하더군요. 그래서 나의 상사들은 내가 정말로 대단한 사람이라고 여기게 됐지요. 그들은 나만이 전용으로 쓸 수 있는 연구실을 따로 만들어 주었고, 새로운 제품을 개발할 수 있는 작업을 배려해 주었습니다. 생각해 보면 어느 누가 나를 이처럼 도와주겠습니까? 정말 나는 아내에게 어떻게 감사의 보답을 할 수 있을지 모르겠습니다."

하고 말하는 것이었다.

그리고 나서 그 남편은 감사헌금을 했고, 자기들을 위하여 기도해 달라는 부탁이었다. 그래서 나는 기꺼이 그들을 위해 기도를 했단다. 감사와 격려의 뜻으로 나는 그들 부부가 더욱 화합을 잘 이루어 오래도록 보다 훌륭한 것들을 창조해 주기를 기도했다.

이러한 아내라면 어느 남편에게도 매우 큰 힘이 될 것임에 틀림없다. 그러므로 너는 내가 말하고자 하는 세 가지의 원칙을 잘 기억해 두기 바란다.

첫째, 공동의 관심사를 늘 가질 것.

둘째, 네가 많은 것을 알고 있다는 인상을 주지 말 것.

셋째, 하고 싶은 말은 서슴없이 할 것.

결혼을 했다고 서로의 모든 점을 다 아는 것은 아님을 미리 전제로 하고 이야기를 시작한다. 이러한 대화는 생각할 가치가 있는 내용을 담고 있다.

너는 바로 이 순간에도 부부 사이라면 알아야 할 권리가 있고, 너의 그 사람도 예외는 아니다. 그렇지만 어떤 경우는 '이해의 징검다리'에서 알 수 있는 내용이 있음에 유의하거라.

그렇기 때문에 사랑은 '기다림'이란 뜻이기도 하다. 그래서 축복에 이르는 길은 천천히 가야만 된다는 생각을 해 본다. 이제 두 사람이 대화의 기술을 발전시키는 길이 어떠한가를 다소 이해했으리라고 믿는다.

두 사람이 조용한 가운데 서로의 의사를 소통할 때야말로 위대한 시간이라 할 수 있으며, 참으로 신비에 찬 순간이라 할 수 있다.

그 순간에는 말이 필요없다. 무언의 대화 속에서 서로의 마음을 나누어 가질 수가 있으며, 여기에 더 이상의 말을 보탤 필요가 없다. 그러므로 아주 평화롭게 너희들은 서로의 마음을 깨닫게 된다.

내가 무슨 이야기나 설교를 시작하기 전에 떠올리는 짧은 기도문이 한 구절 있다. 나는 이것을 너희들에게 또 생활을 통하여 진실한 대화의 힘을 누리기 빌면서 전하고 싶다.

'하나님? 저의 입을 가치 있는 것으로 채워주시고, 제가 말을 다하면 저를 다시 깨우쳐 주소서!'

― 늘 진실한 대화를 가지기를 빌면서, 아빠가

LETTER_9

삶의 장소가 남편의 품만은 아니다

사랑하는 딸 카렌아!

'눈과 눈으로'라는 명제는 너의 어머니와 내가 '훌륭하고 깨끗한 싸움을 위한 7가지 공식적인 원칙'을 단적으로 나타낸 것이라고 하겠다.

두 마음이 '하나가 되기' 위해서는 서로 많이 포옹하고 진실한 사랑의 말을 주고 받을 필요가 있다. 그러나 현명한 사람이라면 사랑의 속삭임 이외에 다른 소리에도 귀를 기울이는 마음의 준비가 되어 있어야 한다.

그것은 싸움의 소리다. 건강하고 씩씩한 젊은 두 사람이 가정을 꾸려 가려면 때때로 다투는 소리가 들려오기 마련이고, 경우에 따라서는 격렬하게 싸울 수도 있다.

이런 이야기에 마음이 약해지거나 기에 질려서는 안 된다. 네가 그와 같은 잡음을 처리해 나가는 방법을 알게 되면 사소한 다툼은 결혼생활에 필요한 활력소가 된다는 새로운 사실을 발견할 수 있을 것이다.

그러한 방법을 알고 있다면 서로를 확인하기 위한 사소한 다툼은 화해의 장으로 변화를 가져오고, 네가 교제하는 사람에게도 유익한 사랑의 지침이 될 수 있다.

빈센트가 자신의 응고된 감정을 '풀 수 있는 곳'이 있다면, 그는 직장에서 더욱 효과적으로 일의 능률을 올릴 수 있을 것이다.

오늘날 많은 사람들은 직장과 사회생활을 하면서 엄격한 감정의 자제를 요구 당하고 있다. 집안에서의 대수롭지 않은 다툼 정도는 오히려 복이 될 수 있는 기회로, 너에게도 예외는 아니며 그와 동료들에게도 삶의 향기가 될 수 있다.

한편 그것은 한 인간이 발전해 가는 작은 생활의 비결이 될 수도 있고, 자기 향상의 활력소가 될 수 있다면 얼마나 좋은 일이 되겠느냐?

아낌없이 주고받는 깨끗한 다툼은 너희들 두 사람의 건강에 도움을 주는 처방전이 될 수 있다. 그것은 두통과 심장병, 고혈압을 예방할 뿐만 아니라, 위궤양이나 알레르기 반응, 우울증에 이르기까지 회복시키는 치료제 역할을 한다. 또 한편 잘 응용하면 즐거움도 얻을 수 있다.

어떤 부부가 '우리는 결혼한 지 몇 년이 지났지만, 그

동안 한 번도 언쟁을 하지 않았어요.'라고 말한다면, 네가 알아두어야 할 내용이 분명히 있다.

즉, 그것은 두 사람의 차이점을 함께 발견하여 상의하는 방법을 익혔다는 점이다.

만약 그들 부부가 그야말로 양처럼 순하게만 함께 살아간다면, 삶의 향기와 생활의 참맛을 잃고 있는 증거라고 하겠다.

교회 신도들 중에 델핀이라는 여교장 선생님이 한 분 계셨는데, 그 여교장은 늘 예쁘장한 붉은 머리를 하고 있었다.

어느 날 밤, 그녀는 구약성경에 나오는 인물에 관하여 강의를 할 참이었다. 그런데 강의를 시작하면서 머뭇거리는 모습이 어느 때와는 전혀 달랐다. 그녀는 강의를 마치기 전에 다음과 같이 자신의 고충을 요약해서 말했다.

"여러분, 나는 매우 안 됐다는 생각만이 들 뿐이에요. 그에 관하여 연구해 보았지만, 아무리 생각해 보아도 이 가련한 사람은 답답한 삶을 살았다는 것 밖에는 그 어떤 것도 설명할 수가 없군요."

그 등장 인물이 누구였는지 기억이 안 나는 것이 유감스러운 일이긴 하지만, 아마도 그녀가 무엇인가 빠뜨린 것만은 틀림 없는 이야기 같았다. 그러나 그때 그녀의 말이 옳았다면 우리도 함께 동정을 했어야겠지.

인간의 삶이란 재미가 있어야 하는 것이고, 한편으로는 문제를 해결하는 것이고, 또 다른 차이를 극복하는 것이고, 마음을 합하기 위하여 서로 노력하는 것이고, 내적인 착잡한 것들을 나타내며, 이것들을 잘 극복해 가는 방법을 배우며 살아가는 지혜란다.

그러므로 이해의 가교 위에서 불편한 감정을 거두어들이고 눈과 눈으로 서로를 읽는 일에 대비하거라.

이제 너의 어머니와의 '훌륭하고 깨끗한 싸움을 위한 7가지의 공식적인 원칙'을 너에게 전해 주고자 한다. 또 이것은 우리가 25년 동안이나 훌륭하게 지켜왔으니까, 이제는 너희들에게 넘겨주는 것이 좋겠구나.

1) 싸움을 시작하기 전에 시간이 적절한가를 합의해야 한다.

너의 그 사람이 직장에서 시달리고 돌아와 지쳐있을 때와 같은 경우는 적절한 시기가 아니라 하겠다. 한편 남편도 울화통이 터질 때가 있다 하더라도 자중하는 법을 익혀야 한다.

왜냐 하면 아내도 매일 애들과 씨름해야 되고, 그래서 항상 좋은 기분으로 지낼 수 없기 때문에 남편의 입장에서도 스스로 참는 연습을 해야 한다는 것이다.

2) 부부싸움의 목적이 서로를 깊이 이해하기 위해서라는 점을 유념해야 한다.

부부 사이에 벌어지는 말싸움에는 몇 가지 필요한 사항이 있다.

첫째는 온유와 진실이다. 현재 두 사람은 아직

완전한 성인도 아니며, 미성년도 아니니까.

둘째는 인내이다. 이 마음가짐이 없다면 한 시간, 오랜 시간에 걸쳐 노력해도 복구가 안될 정도로 많은 것을 망가뜨릴 수가 있다.

셋째는 자비와 우아함과 사랑 속에서 진실을 말할 수 있는 기본 자세가 되어 있어야 한다.

이러한 것들을 통해서 서로를 깊이 이해하는 길을 하나씩 열어갈 때 행복의 문에 다다를 수 있다.

3) 서로 동원하는 싸움의 무기가 치명적이 아니라는 것을 확인하기 위해서 가끔은 자신을 점검해야 한다.

'죽여라.' 하고 싸우는 치명적인 것이 아니라, 집안 싸움은 괴로움을 해소하고자 하는 게임과 같은 것이지 상대 쪽을 해치려는데 목적이 있는 것이 아니다.

가장 부드러운 비난이라도 요령있게 잘 해소시켜야 한다. 그 비난이 격렬해지면 당사자는 물론 관계 있는 사람들에게까지 도움이 되지 않을 뿐만 아니라, 오히려 더 많은 것을 잃게 된다.

인간은 자기 방어를 위한 자제력을 가지고 있어서 자극을 받으면 곧 감정이 폭발한다. 어떤 남자들은 자제하는 기술을 아내로부터 배우기도 한단다. 말다툼이나 싸움을 할 때도 언제는 어떤 말은 해서는 안 된다는 것을 알고 있는 부인을 통해 많은 것을 배우는 남편들도 있더구나.

그리고 여러 번 사용한 말은 쓰지 말아야 효과적인 싸움을 할 수 있다. 듣기만 해도 신물이 날 정도로 상대방을 자극시키는 극언은 삼가야 한다.

한편으로는 역설적인 경우도 있음을 알아야 한다. 아무런 대꾸를 하지 않는 것이 최선의 대답이라고도 하는데, 어느 경우는 이유 없는 침묵이 더 나쁜 감정을 만들 수도 있다.

분명한 사실을 알고 싶을 때 사랑하는 여자가 아무 말도 하지 않으면 고함 소리보다도 더 견디기 어려운 고통을 느끼게 되는 것이다.

4) 소리는 높이지 않고 오히려 낮출 일이다.

이것은 우리가 결혼하기 전부터 정한 규칙 중에 한 가지로 너의 어머니와 내가 가지고 있는 많은 사랑의 무기들은 모두 네 어머니의 조용한 성품에서 비롯된 것이다.

나는 폭풍 같은 격정적인 성격으로 하여 화가 나면 고함을 쳤기 때문에 목소리가 집안에서 밖으로 터져 나갔다.

언젠가도 이야기했듯이 나는 네 어머니의 얼굴을 보기도 전에 목소리만 듣고도 곧 사랑에 빠져 버렸지. 그 다음 이야기는 너도 잘 알고 있으니까 부언하지 않겠다.

우리가 데이트를 막 시작했을 무렵, 나는 세익스피어가 말한 구절이 생각나더구나.

'그녀의 목소리는 언제나 부드럽고 상냥했으며, 최고의 목소리였다.'라는 글이었는데, 바로 네 어머니가 그랬다.

그렇지만. 다른 여자들과 마찬가지로 어떤 때는 네 어머니가 나에게 화난 음성으로 싸움을 걸어올 때도 있었지. 그때 나는 습관대로 했다. 그러면 너의 어머니는 곧 태도를 바꾸어 보다 좋은 방법이 있노라고 타협해 오곤 했지. 그때 너의 어머니는 차분한 음성으로 말하곤 했단다.

"이렇게 하면 어떨까요? 이제부터는 짜증이 나면 목소리를 두 단계 높이지 말고 한 단계 낮추기로 하는 거예요."

5) 다른 사람들 앞에서는 절대로 싸우지 않으며, 사적인 감정을 목표로 하지 않는다는 약속을 한다.

개인의 문제는 알맞은 장소에서 해결되어야 하는데, 그 장소가 바로 집안이다.

우리의 규칙에 한 가지 더 보탤 것이 있구나. 그것은 우리 두 사람이 함께 있지 않은 장소에서 상대를 비난하지 않기로 합의한 것이다. 내가 경험한 바로는 남편이 없는 자리에서 그를 욕하거나 헐뜯는 아내를 용서하려는 사람은 거의 없다는 점이다. 여자들도 남자들과 다르지 않다.

6) 두 사람 중에 누군가 먼저 '중지'하면 곧 휴전을 한다는 신호다.

'휴전을 하자'는 말을 유심히 살펴보아라. 남자들은

쉽게 싸움을 거두기도 하고, 또 어떤 여자들은 어이없이 굴복하기도 한다. 너의 어머니와 내가 휴전을 하려면 무엇보다도 먼저 합의가 이루어져야 했단다.

네가 이 규칙들을 실행할 뜻이 있다면 무엇보다 페어플레이 정신이 절대적이며 기본적으로 필요하다는 것을 알아야 한다. 훌륭한 자세로 임하지 않으면 '훌륭하고 깨끗한 싸움'을 할 수가 없기 때문이다.

너는 그만 싸움을 중지하고 싶은 마음인데, 그 사람이 계속하고자 할 때 어떻게 하면 끝낼 수 없을까? 이럴 경우 네 엄마와 나 사이에서는 서로 통하는 하나의 길을 만들어 놓았다.

"당신이 얘기하는 뜻은 알 수 있을 것 같아요. 그러나 생각할 시간이 필요해요. 일단, 여기에서 그만둡시다. 그래야만 당신이 옳았다는 것을 잠시 생각해 볼 것 아니겠어요?"

7) 타협에 이르면 더 의논할 필요가 있다고 두 사람 똑같이 생각이 들 때까지 문제를 접어두기로 한다.

건전하게 결합하려면 어떤 것은 절대로 잊어서는 안 되며, 또 어떤 것은 두 번 다시 되새겨서 새로운 감정의 불씨가 된다는 사실을 명심하기 바란다.

그러므로 결혼생활에는 자물쇠로 잠그는 상자들과 같은 것이 있어야 하며, 어떤 것은 이 속에 영구히 넣어두어야 하고, 또 다른 것들은 일시적으로 보관해야 한다.

남편과 아내 사이에서 끝까지 이해할 수 있는 것 중의 하나는 비록 좋아하지 않는 것들이 있다 하더라도 여전히 서로 사랑하는 관계라는 점이다.

성경에서 찾아보면 사도 바울이 '화난 채로 태양을 등지게 하지 마시오.'라는 말이 있다. 바울 선생이 우리에게 가르쳐 준 것을 보면, 올바른 정신을 가진 사람들은 '사랑과 기쁨과 평화와 인내와 온유와 선과 믿음과 유연함과 절제' 등의 열매로 특징지워진다고 했다.

어느 누가 하루 해가 지기 전에 이 모든 것을 겸비한 자신들의 얘기를 다할 수 있을까?

그러므로 명심하거라. 열심히 일하고, 열심히 쉬고, 열심히 싸우고, 열심히 자거라. 이런 일은 앞날을 위하여 보관해 두고, 또 저런 일은 영구히 저장해 놓고, 열심히 얘기하며, 열심히 듣고, 그리고 열심히 살아가거라.

너는 하룻밤 사이에 원숙한 경지에 이를 수 없을 뿐만 아니라. 또 오늘을 위하여 네가 가지고 있는 사랑을 아낌없이 베푼다면 내일은 더 크고 위대한 사랑을 계속해서 받을 수 있단다.

사랑을 지니고 열심히 살아가는 사람들의 결혼생활은 끝없는 기쁨의 호수에 떠 있는 행복의 배와 같다.

– 부부 싸움을 지혜롭게 해 나가길 빌며, 아빠가

LETTER_10

집안에서 늘 사랑의 목소리가 들리도록

사랑하는 딸 카렌에게!

결혼생활에 '사랑해요.'라는 속삭임 다음으로 가장 중요한 말은 '저 미안해요, 여보!'라는 소탈하고 간단한 사과의 말인지도 모른다.

우리가 완전한 조화 속에서 함께 생활한다는 것은 실제적이라기보다는 이상적이라는 관계로 다루어 보았다. 이 세상에서 가장 사랑하는 사람들 사이라고 해도 미워지고 싫어지는 때가 있는 법이란다.

이런 경우 상식적인 마음가짐으로 바른 태도를 취해야 현명한 주부다. 때에 따라서는 노여움에 찬 말을 나타낼 필요가 있을 수 있고. 그런 말을 함으로써 사랑의 자리를 위한 보이지 않는 장애물이 사라지는 경우도 있다.

무엇보다도 자기의 잘못을 솔직하게 사과하는 것이 결혼생활에 있어서 중요한 요소가 될 수 있기 때문에 도움이 될 만한 세 가지 원칙을 알려주겠다.

1) 어떤 사람은 사과하는 일을 매우 어려워한다.

아주 과묵하고 매사에 지나칠이만큼 정중한 남자와 결혼한 부인이 상담을 요청한 적이 있었는데, 그녀는 다음과 같은 슬픔에 찬 음성으로 호소하였다.

"남편 데이빗은 너무나 하나님만을 생각하고 있는 것 같아요. 항상 자기의 신앙에만 열중하고 있는 남자와 함께 일생을 살아간다는 것이 너무 힘들어요."

이러한 부부가 함께 살아가는 일은 너무 고달픈 사이라고 할 수 있겠다. 반대로 남편도 아내가 성녀임을 자처하며 그와 같은 행동을 한다면 마찬가지로 고달픈 삶이다.

너는 이들 부부에게서 문제가 커질 수 있는 또 다른 여지가 있다는 것을 파악했으리라고 믿는다. 아마도 그 남자는 현재 자기가 취하고 있는 생활 태도가 크나 큰 약점이라는 사실을 이미 알고 있는지도 모른다.

그러한 자신의 나약한 모습을 아내에게 사과했으나, 그녀로부터 완강하게 거절 당했는지 알 수 없다. 그것은 그들 부부만이 감지할 수 있고 아주 사소한 일로부터 시작되기 때문이다.

아마도 너라면 그에게서 문제점을 찾아 내어 어린시절부터 따라 다니며 괴롭히는 오랜 고통의 굴레를 벗어버리게 해줄 수 있을 것이다. 그러나 이번에는 네 자신이 자기도 모르는 사이에 잘못을 저지르고 있지 않은 지 스스로 생각해 보는 것도 현명한 자기 반성이라고 할 수 있다.

네 자신에 대하여 너무 감싸는 편이 아닌지? 네 스스로 주변의 좋지 않은 일들을 더욱 부채질하고 있지나 않는지? 네 자신을 자학하거나 스스로의 함정에 빠져들고 있지 않은지? 평소의 말투가 독선적이지 않는지? 또는 네가 좋아하는 일에 너무 집착한 나머지 무분별한 자기 합리화에 빠져있지 않는가를 고백해 볼 때인지도 모른다.

구약성경에 나오는 한 예언자는 일찍이 이런 말씀으로 우리가 자기 방어로 승복하기를 거부할 때 가르침을 주고자 했음을 알 수 있다.

'그대는 너무나 많은 약을 헛되이 쓰고 있도다.'

그러므로 우리는 많은 얘기를 주고 받으며 삶의 거친 자갈길을 걸어 왔다. 이어서 '모든 위대한 일은 나에게서 시작된다.'라는 여성들의 찬가를 따라서 앞으로 좀 더 나아가 보자.

모든 분쟁이 한 사람의 잘못에서 비롯되었다고 할지라도 너는 싸움을 진정시키고 자존심을 세울 수 있는 지혜를 가지고 있지 않니? 그가 솔직하게 잘못을 시인하지 않더라도 네 쪽에서 먼저 이런 말을 할 수 있을 것이다.

"싸우게 되어서 미안해요. 내가 해서는 안될 말을 했다면 용서하세요. 당신에게는 내가 좋아하는 점이 너무나 많아요. 이 세상의 그 어느 것보다도 당신의 사랑에 행복해 하고 있어요. 그렇기 때문에 서로 언짢아질 때는 정말 속상해 죽겠어요."

그렇다면 속임수를 쓰지 않고서도 네 편에서 아주 슬기롭게 싸움을 중단시킬 수 있는 지혜를 모을 수 있다는 생각이 들지 않니?

그런데도 여전히 그 사람이 고집을 부린다면 너는 마음의 준비가 될 때까지 그를 따뜻하게 맞을 수 있는 여유를 가져야 한다. 진지하게 '나는 당신을 사랑할 준비를 하고 있어요.'라는 메시지가 여자의 진실한 마음에서부터 나오는데도 거절하는 남자가 있다면, 그는 병든 사람이라고 단정해도 좋다.

사과라는 행위는 두 사람 중에 성숙한 쪽에서 먼저 하지 않으면 안 되는 예의다. 결혼 전문가들의 견해에 의하면, 가정이 성공하는 비결은 관습적인 관계를 50대 50의 비중에서 60대 40으로 바꾸는 작업이라고 지적하고 있다.

또한 그들의 주장은 한 가정에서 두 사람이 서로 반 이상을 넘어서려 할 때 그 부부는 성공한다는 것이다. 이는 사과할 수 있는 한계에 적용되는 말이라 하겠다. 우리는 너희들 두 사람이 사소한 언쟁에 놓이게 될 때 서로 먼저 사과하는 태도를 배우기 바란다.

2) 사과와 유머는 서로 잘 어울리는 화음과 같다.

어떤 이름이 알려지지 않은 현인은 다음과 같은 말을 활용하면 장족의 발전을 한다고 말한다.

나는 하나의 유머

너도 하나의 유머

그도 하나의 유머

우리 모두는 유머

너희들도 유머

그들도 유머.

우리 모두가 하루의 생활을 '나는 하나의 유머'에서부터 시작하면 마음을 순조롭게 변화시키는데 많은 도움을 줄 것이다.

또 한 가지 유념해야 할 것이 있다. 너의 할머니께서는 다음과 같은 말씀을 즐겨 하셨단다.

"우스운 것에는 두 가지 종류가 있다는 것을 알아야 한다. '하하!' 하는 그냥 우스운 것과 의미 심장한 뜻을 전하는 우스운 것이 있는데, 이를 제대로 구별해서 즐거움을 깨닫는 지혜가 중요하다."

할머니의 말씀은 여러 경우에 적용되는 선견지명으로 그중의 하나가 부부간에 친밀한 대화를 나누는데 아주 적합하다는 뜻을 간과해서는 안 된다. 그러므로 지나치게 너무 많이 웃으면 건강에 도움을 주기는커녕 히스테리에 가까울 수도 있다는 사실을 염두에 두기 바란다.

결혼생활을 하다보면 돌발적인 상황에서는 유머가 통하지 않는 경우도 있다. 이렇듯 유머란 적합할 때 사용할 줄 아는 지혜를 터득하지 않으면 역효과를 가져다준다는 사실도 생각해 볼 문제다.

미소에도 여러 종류가 있다. 네가 가질 수 있는 얼굴 표정이 어느 경우에 알맞는가를 세심하게 파악해 둘 필요가 있다. 그러므로 분명하게 해야 할 일이 있을 때 결코 거짓스러운 행동을 해서는 안 된다는 것을 분별할 수 있는 지혜를 터득해야 한다.

그래서 부부가 큰 웃음으로 웃을 줄 알고 또 서로의 실수를 즐겁게 웃어 넘길 수 있을 때, 그 가정에서는 기적이 생기는 것이다.

이러한 신호에 답해 주는 특별한 힘이 인간에게 있음을 깨닫기 바란다. 그 힘은 부서진 것들은 깨끗이 씻어내 주고, 다시 결혼생활에 새로운 시작을 부여해 줄 것이다.

3) 사과란 '누가 먼저 그랬는가?' '왜 그랬는가?' '어떻게 그럴 수가 있는가'라는 것보다는 '무엇이 잘못된 일을 가장 빠르게 바로잡을 수 있는 길인가'를 중요시하는 판단이 결혼생활에 주어진 것들 중의 하나라 할 수 있다.

리드 씨라는 분은 나에게 아주 대단한 한 가지 방법을 가르쳐 주었다.

내가 자란 고향 마을은 물놀이를 즐기는 아이들에게는 이상적인 곳이었는데, 하루는 강을 관리하는 관리소로부터 보트 경기가 행해진다고 알려주었다.

경기는 강의 상류에서 거행되었다. 우리는 연습할 충분한 시간적 여유가 있었기 때문에 주의 깊게 코스를 살피면서 그대로 연습을 했다. 리드 씨는 강둑에서 살고 있었기 때문에 우리와는 친하게 지내고 있었지.

어느 날 저녁에 내가 상류에는 모난 돌과 바위 덩어리들이 많다고 불평을 하자, 그는 나의 불평을 잠자코 듣고 있더니 다음과 같은 충고의 말을 해주는 것이었다.

"애야, 바위가 있다는 걸 짜증 내기만 한다면 이길 수가 없는 거란다. 그러한 걱정은 접어두고 어느 곳이 수영하기에 좋은 물길이 있는지 알아야 한단다."

이 말은 사랑하는 사람들에게 아주 좋은 격려의 메시지가 될 것이다. 남자가 먼저 싸움을 시작했다든가, 아니면 네가 시작했다든가 하는 것이 중요한 것이 아니라, 그 싸움이 언제 끝나느냐가 중요하다는 뜻이다.

만일 그 싸움이 흔한 사랑 싸움이라면 짧으면 짧을수록 좋다. 그러므로 그 원칙을 여기에 뜻깊게 옮겨 적어본다.

'왕의 전원'이라는 시에서 데니슨는 그 의미를 잘 나타내 주고 있다.

'불화가 있으면

더욱 음악이 들리지 않게 되리니.'

그러므로 오늘이 바로 그러한 날이라면, 지금 곧 전화기를 들고 너의 그 사람에게 신호를 보내거라. 참으로 부드러운 목소리로 네 가슴 속에 있는 사랑을 쏟아보내거라. 그러면 새로운 사랑을 얻는 기쁨을 느낄 수 있을 것이다.

그리고 결혼에 있어서 두 번째로 중요하다고 할 '미안해요. 여보!'라는 말로 너의 실수를 사과할 때, 너는 진정한 아내의 권위를 성취할 수 있을 것이다.

– 적절한 사과를 할 줄 아는 지혜를 갖길 빌면서, 아빠가

LETTER 3 가정, 그보다 아름다운 낙원은 없다

LETTER_11

몸과 마음이 시키는대로 행동하라

나의 사랑하는 딸 카렌에게!

내가 심심치 않게 보는 성인용 만화책에 등장하는 주인공이 어느 낡은 건물 추녀 밑에서 억수같이 쏟아지는 비를 피하기 위해 서 있는 모습이 그려져 있는데, 그의 모자에 빗물이 흐르고 초라한 모습으로 떨며 서 있는 그림이었지만, 그는 다음과 같은 독백을 하고 있었다.

"그 친구가 25분 내로 오지 않는다면, 다른 사람한테서 빌려보는 수밖에 없지."

겸양이란 것은 가끔 이런 표현으로 나타나고 그려지기도 한단다. 진실로 겸손하다는 올바른 뜻은 다른 사람 앞에서 늘 굽실거리며 일생 동안 자기를 낮추면서 나약하게 살아가는 것과는 무관한 일이다.

내 친구들 중의 한 사람은 퀘이커 | 무교회주의 | 신자였는데, 그는 때때로 참뜻에 가까운 겸양의 자세를 보여주곤 했다. 그는 생활이나

인간관계, 환경 때문에 자기의 능력을 발휘하지 못하는 입장에 놓이게 되면 웃음 띤 얼굴로 다음과 같은 말을 하는 것이었다.

"이젠 나도 온유해졌다네."

온유하다는 말이 무엇을 뜻하는지 오랫동안 생각해 보았는데, 다음과 같은 뜻으로 믿어야 되지 않는가 싶구나.

즉, 온유하다는 말은 현재의 우리가 처음부터 그렇게 되어야만 할 관계를 바른 마음가짐으로 수긍해야 한다는 뜻이 내포되어 있다는 말이다.

내가 알고 있는 훌륭한 사람들은 모두 이러한 겸양을 풍부하게 갖춘 분들이었다. 마찬가지로 훌륭한 결혼생활도 그와 같다고 믿고 있다.

"나의 복된 자여! 그대는 온유하고 진실한 자이다. 보다 높은 사랑의 경지에 이를 수 있을지니…."

라는 말을 너의 것으로 할 수 있다면, 참으로 많은 것들을 얻을 수 있다. 또한 이 말의 올바른 뜻을 유념하면서 세상을 살아간다면 늘 너의 주변에는 꽃과 같은 아름답고 슬기로운 일들로 가득 찰 것이다.

그러므로 너희들 스스로가 자신을 헤아려 볼 수 있는 슬기로움이나 진심으로 자신의 잘못을 사과할 수 있는 용기, 서로가 언쟁을 멈출 수 있는 참을성, 상대방 마음의 거울에 자신의 모습을 비추어 볼 수 있는 지혜로움으로 '온유와 진실'이라는 말의 뜻을 지니고 생활할 때, 그것은 삶의 기나긴 여정에서 피어날 수 있는 아름다운 것 가운데 몇 가지의 예에 지나지 않는다는 사실을 깨닫게 되지 않을까.

너희들 두 사람이 나태해질 때 실망을 주는 두 가지의 예를 살펴봄으로써 방심이 얼마나 좋지 않다는 사실도 알아보자.

그 중의 한 가지가 바로 잡담이란 것이 있다.

잘 알려진 속담에 이런 말이 있지.

'못난 사람은 이웃의 험담을 이야기하고, 평범한 사람은 그날의 사건에 관해 이야기하며, 훌륭한 사람은 새로운 관념을 논한다.'

이야기가 사건에 관한 기사라면 자연히 그 내용은 거기에 관련된 사람들의 주변 이야기와 때, 장소, 발단에 집중되는 것이 대부분이다. 그러나 너는 필요 이상의 지저분한 것에 관심을 쏟은 나머지 맑고 깨끗한 머리 속에 담지 않도록 자신의 대화를 점검해 봄이 좋다.

재판과 배심원의 임무를 완성할 수 있는 재판소가 따로 있는 것처럼 남에 대한 험담이나 비평 등도 마찬가지이다. 이러한 잡담을 해야 할 곳은 너의 집이 아닌가 한다. 그러므로 잡담이란 때와 장소가 알맞게 요구된다는 점도 명심해 두거라.

그러나 네가 잡담에서 생긴 언쟁을 파괴적이 아닌 건설적인 것으로 이끌어간다면 삶의 지혜와 새로운 애정의 한 단면을 배울 수 있다.

내가 알고 있는 어느 클럽에서 재미있는 일이 일어났는데, 그 내용을 나에게 들려준 여자의 말은 이러했다.

"우리들은 절대로 손님의 돈을 훔치지 않아요. 또 물건도 탐내지 않았고요. 그런데 우리는 조심성이 없게도 아무 생각도 없이 남의 이름을 훔치는 좋지 못한 버릇에 빠져 있어요."

이 여자의 말은 많은 것을 느끼게 해주고 훌륭한 뜻이 숨어있음을 너도 깨달았을 것이다. 온유와 진실은 성취하기 어려운 일인지도 모른다. 자신이 잘못되어 있다는 것보다는 사랑의 결핍이 더 쉽게 눈에 띄기 때문이다.

그러므로 네 자신이 "우리는 훌륭하고 그들은 대수롭지 않다."는 식으로 모든 것을 판단한다면, 너희들의 이해의 가교는 쉽게 훼손될 것이고 매력을 잃은 못난 부부가 된다.

매사에 바가지 긁는 일이 가정 불화와 부부 싸움의 원인이 되고 있음을 너무나 많이 보아왔다. 무슨 연유에서인지 부인들보다도 남편들이 많은 불평을 하고 있는데는 놀라지 않을 수 없다.

여자들이 남자들보다 바가지를 긁는 일이 더 많은 지 확실한 것은 잘 모르지만, 그러나 이것만은 분명한 것 같다. 즉, 너와 그 사람이 변함없이 사랑할 수 있게 하는 어떠한 일이든간에 트집을 잡기나 자주 되풀이해서 말하는 습관을 삼가야 한다는 점이다.

그러나 너무 지나치게 상습적으로 되풀이해서 말하는 사람은 병적이다. 이러한 사람들의 본성을 찾아보기 위해서는 지금까지 살아온 생활의 역사를 더듬어 보고 진단해야 치료할 수 있다.

완벽만을 고집하는 부모 밑에서 자란 사람을 관찰해 보면 대부분 말이 많은 것이 특정이다 그러므로 맹목적일 만큼 엄격한 규율 속에서 양육되어진 사람은 조그만 일에도 곧잘 화를 내거나 불평을 토로하곤 한다.

이러한 성격을 지닌 여자와 함께 생활하는 남자는 심리적인 부담을 받아 그에 대응할 만큼의 방어벽을 높여 자신들의 애정을 잃은 나머지 불행을 맞게 된다.

남자는 아내의 불평과 잔소리에 귀를 막으려고 할 것이고, 그래도 그런 소리가 계속 들려온다면 집 밖으로 나서게 된다.

한편 거리를 쓸데없이 방황하거나 아예 늦게까지 직장에 남아있거나 귀가를 서두르지 않고 술집에서 혹은 다른 여자와 시간을 보내는 고통과 함께 마침내는 그 해결 방안으로 가정법원을 찾게 될 것이 분명하다. 이러한 경우에 처한 남자가 자기 아내에 대한 불평을 털어놓는 것을 들은 적이 있다.

"아내는 마치 신랄한 검사와도 같죠. 그녀는 나의 잘못을 찾아내는 기계를 가지고 하루 종일 24시간 내내 쉬지도 않고 작동하고 있답니다."

그 얼마나 딱한 이야기냐? 이와 같은 부부는 시골이나 도시를 막론하고 흔히 볼 수 있는 슬픈 광경이다. 만일 네가 이런 경우에 놓이게 된다면 부디 그쯤에서 모든 것을 중단하고 진정한 네 자신에게로 돌아가야 한다.

참으로 온유와 진실이라는 말의 참뜻을 알고 이 말을 생활의 구석구석에까지 차지할 수 있게 한다면, 너의 일상생활을 청결하게 정화시켜 줄 것이다. 그러나 이러한 일은 쌍방 모두가 함께 노력할 때 비로소 빛을 발하게 된다. 만일 네가 천사의 날개를 갖고 있다면, 넌 분명히 천국에 갈 수 있을 것이다.

우리 모두가 천국에 이르려고 하지만, 무엇보다도 하늘의 참뜻을 생활 속에서 성실히 수행해 나갈 때 비로소 그곳에 다다를 준비가 되어 있음을 깨달아야 한다.

그러므로 네 스스로가 먼저 온유하고 진실된가를 되돌아 볼 수 있는 착한 마음 자세를 늘 지니길 바란다.

– 너의 두 사람이 함께 온유하기를 빌면서, 아빠가

LETTER_12

여자는 가정이란 희생 속에서 피어난다

내 사랑하는 딸 카렌아!

너는 남자들에 대해서 이 점만은 꼭 이해해야 한다. 그들의 하루는 대부분 어떤 특정한 개인과 관계 없는 일반적인 시간 속에서 지낸다는 사실이다. 직장에서 그 사람이 무엇을 어떻게 생각하느냐 보다는 회사를 위해서 하는 일이 얼마나 중요한가 하는 점이다.

오늘날의 비즈니스란 무한대로 발달되어 있기 때문에 인간은 전능한 돈 앞에 압도당하고 있으며, 진실된 자아는 억눌리고 있는 형편이다. 이렇기 때문에 대다수의 남자는 자신의 내부에까지 닿을 수 있는 진실한 여자에게 거의 무엇이든지 다해주고 싶은 사랑이 깃들어 있단다.

그 좋은 예가 한 가지 있다. 아마 네가 어렸을 때였으니까 기억이 나지 않을 게다.

그는 교회의 지도자이며, 두 딸의 아버지이기도 하였는데,

아내와 헤어져 엘리베이터 걸과 다시 결혼을 했단다. 이에 혐오감을 가진 것은 나 뿐만이 아니었고, 그가 행복한 가정을 버리고 새로 결혼하겠다고 했을 때 마을 전체가 뒤집혔지. 그 동네에서 얼마 동안은 그 일밖에는 없는 것 같았으니까.

그러나 그가 나한테 마지막 작별 인사를 왔을 때 주고받은 몇 마디의 말을 너한테 전하고 싶다. 그 사람과는 제일 친하게 지냈기 때문에 우리는 터놓고 얘기를 나눌 수가 있었지. 그가 변명하듯 한 말은 다음과 같았다.

"여보게 자네가 나를 이해하리라고 기대는 않지만, 어떻게 된건지 말하겠네. 어느 날 우리는 단 둘이서만 올라가는 엘리베이터를 타고 있었어. 내가 내릴 층에서 문이 열리기 바로 직전에 그 여자는 내 팔을 살며시 잡고서 하는 말이 '제발 저를 주책 없는 여자라고 생각지 말아 주세요. 그러나 저는 당신이 이 빌딩에서 가장 친절한 남자라는 사실을 말하고 싶은 것뿐이에요. 4년 동안 저는 당신이 늘 숙녀들에게 모자를 약간 벗고 웃는 모습으로 인사하는 것을 보았어요. 그때마다 당신만이 다른 남자들과는 다르다는 것을 알았어요. 당신이 하는 인사는 진정으로 마음에서 우러나오는 친절이었어요. 저는 그저 당신이 그렇게 한 친절에 대해서 감사를 하고 싶었던 거죠.'라고 말하는 게 아닌가."

그리고 나서 그 친구는 계속 몇 주일을 두고 그녀를

지켜보기 시작했고, 마침내는 그녀가 뜻하는 것을 알아냈다고 말하더구나. 그녀는 이미 두 번씩이나 결혼을 한 경험이 있었는데 친구에게 말하기를 "두 사람 모두 나를 물건처럼 취급했어요."라고 말하더라는 것이었다. 바로 그 말이 이들 두 사람에게 불을 붙여 놓은 시발점이 되었다고 말했다. 왜냐하면 자기가 꼭 그렇다고 생각하고 있었기 때문이지.

그 친구는 참으로 성실한 남편이었단다. 그건 내가 보증할 수 있다. 또 그는 훌륭한 아버지였고, 마을 전체가 다 알고 있는 사실이다.

그런데 한 가지 부족한 점이 있었음을 그는 말했다.

"내 아내는 나를 사랑하지 않았어. 그녀는 자기 자신을 위해서 날 사랑했을 따름이지. 그녀는 나를 이용했고, 내 딸들도 마찬가지였어. 나처럼 텅 빈 마음을 가진 사람을 만나기 전까지 사랑을 받는다는 것이 얼마나 중요한가를 몰랐었네."

이것이 그 친구의 마지막 말이었다. 결국 그는 진실한 사랑 때문에 자신의 지위와 사업과 리더십과 안정된 미래까지 버렸단다. 그는 자기의 진정한 인간성을 알아준 엘리베이터 걸을 위해서 모든 것을 등지고 만 것이다.

나는 무조건 그 친구가 싫어졌다는 그의 아내와 의논할 수도 없었고, 특히 네 어머니조차 그들 내외와 잘 아는 사이면서도 마음의 문을 굳게 닫고 그 이야기라면 조금도 의논하기를 거부했기 때문에 나에게 들려준 몇 마디의 말을 남긴 채 떠나간 것이다.

이와 같은 첫 번째의 쇼킹한 일을 경험한 나는 수년 동안 상담을 통해서 얻은 몇 가지 경우를 더 전해 주고 싶다. 이 예를 너희들 두 사람은 흥미있는 이야기거리로만 들어서는 안 된다.

나는 그 동안 여러 차례 그와 같은 일이 벌어진 경우를 보아왔다. 물론 이런 이야기 속에는 너의 그 사람이 자기 자신의 모든 것을 열어놓는데 아무런 도움도 주지 못하는 내용들도 있긴 하다.

내가 너에게 보낸 네 번째의 편지에서 그 사람이 자신의 모든 것을 스스로 열게 하는데 도움이 될 자유의 요소에 관해서 이야기했고, 또한 거기에 대한 부수적인 도움으로써 겸손과 정직에 관하여 생각해 보았다.

지금 나는 너에게 다음 세 가지의 말을 결혼생활에서 금기 사항으로 아예 잊어버리도록 권하고 싶다.

1) 조롱

물론 너의 그 사람도 때로는 무모한 생각 속에서 행동하려고 할 것이다. 또 자기의 잘못을 자주 뉘우치는 사람이라면 모두 그러한 일면을 갖고 있다. 그러나 그 사람이 그와 같은 생각을 갖고 말한다면 끝까지 이야기를 들어줄 일이다.

이것은 그가 집에 돌아와서도 잠시 사무실 광경이 머리에 떠오르는 것과 같은 흡사한 연상작용이기 때문이다. 사실 그는 자기 스스로에게 묻고 싶은 절실함이 있었는지도 모른다.

"내가 누구도 생각해 낼 수 없는 기막힌 것을 발견한 것이 아닌가? 아니면 터무니 없는 결점 투성이의 내 모습을 드러낸 것은 아닌지?"

하고 자문자답하고 싶은 심정이었을지도 모른다.

자기 윗사람에게 계획한 것, 발견한 것에 대해 확실한 평가를 미리 알고 싶은 마음에서 돌발적인 행동이 나올 수도 있다는 말이다. 이것은 인간이 자신을 평가할 때 조급하게 함으로써 나쁜 결과를 가져오기 전에 올바르게 판단해야 한다는 분별력을 지니고 있기 때문이다.

다시 말하지만, 대부분의 남편들은 현재의 위치에서 어느 정도는 사치스러운 감정에 동요되어 사회생활을 하지 않으면 안 된다는 타당한 생각 때문이다.

우리는 자신이 올바르다고 믿고 있는 것 이외에는 좋지 않다는 편견을 갖고 있다. 그러나 정책이나 타이밍, 편의 등은 고상한 의미를 주고 있는 것처럼 보여진다. 하지만 이들을 세심하게 관찰해 보면 아주 감상적인 요소가 숨어 있음이 엿보인다. 또한 마음 속으로 수십 번이나 심사숙고했다고 하더라도 잘못을 발견하지 못하고 위험한 판단에 빠지는 경우가 있음을 알아야 한다.

이런 것들로부터 비웃음을 당하지 않고 자기의 잘못된 생각을 교정해 줄 수 있는 아내가 가정에 있다는 사실만으로도 그 사람은 만족감과 자부심을 얻을 수 있다. 이 일이 네가 감당해야 할 몫이다.

때때로 그가 너무 편견에 치우친 이야기를 한다 하더라도 끝까지 인내한 다음 진실을 말하도록 하는 것이 현명한 아내의 태도다. 그러므로 성급하게 그의 말을 방해해서는 안 된다. 그 사람 스스로가 자기의 잘못을 깨닫고 반성하는데서 진실한 삶의 바른 길과 사랑의 깊이를 느끼도록 해야 한다.

그러나 그 사람이 전혀 깨닫지 못하고 자기의 고집만을 강요한다면 마음의 여유를 갖고 그를 설득하도록 노력해야 한다. 네가 모든 사실을 조심스럽게 설명해 줄 수 있는 시간은 충분하니까.

너는 그 사람과 함께 유쾌하게 웃을 수도 있고, 그가 농담할 때는 가장 재미있는 사람이라고 칭찬해 줄 수도 있다. 그러나 그가 먼저 웃기 전에 너에게 말한 내용을 비웃어서는 안 된다. 조롱이란 크고 작든간에 남자의 말을 막아버리는 구실을 하기 때문에 가정의 불화를 초래하는 시발점이 된다는 점을 명심해 두기 바란다.

2) 지나친 까다로움

이 말에는 많은 의미가 내포되어 있다. 그래서 그 뜻을 모두 설명하자면, 이 편지가 너무 장문이 되기 때문에 정직한 요점만 생각해 보기로 하자.

많은 남자들 가운데 어떤 사람은 자기 특유의 깔끔함 만을 좋아하는가 하면, 오히려 지나친 결벽증을 아주 싫어하는 사람도 있다. 그러나 내가 본 바로는 완벽주의 성격을 갖고 있는 아내는 대체로 많은 문제점을 지니고 있다는 사실이다.

이는 가정을 돌보는 일과 자신을 살펴보는 것 모두에 해당된다. 만약 어느 가정이라도 '자! 어서 돌아와 푹 쉬세요!'와 같은 기분이 드는 그 무엇이 없다면, 그 가정은 이미 사랑을 잃은 빈 껍질에 불과한 죽음의 집이다.

만일 가정이 한 가지 결점도 없이 완벽하게 꾸며놓는 데만 치중해 있다면, 어떠한 남편이라도 집안에서 안식을 찾고 자신의 모든 것을 아내에게 보여줄 수 있는 용기마저 꺾이는 분위기가 된다는 것을 명심하기 바란다.

이것은 너에게도 똑같이 일러두고 싶은 말이다.

"그 중국 인형에 손대면 절대로 안돼."

하는 식으로 모든 것을 처리하려고 들면 그만큼 무리가 따른다는 점도 아울러 생각해 보아야 한다.

사실 여자란 사랑스럽기 때문에 감탄하게 되고 또 쳐다보게 되는 것이 아니겠느냐. 너는 그 사람이 네가 입고 있는 옷을 즐거운 시선으로 보아주기를 바랄 것이다. 눈을 가진 남자들이라면 누구나

다 그렇듯이 자기 아내가 깨끗하고 아름다운 옷으로 단장하고 있는 모습을 사랑스러운 시선으로 보고 싶은 작은 욕망을 갖고 있단다.

그러므로 다른 사람과 함께 있을 때나 그가 혼자 있을 때도 네 스스로가 이를 명심해서 몸과 마음 가꾸기에 게을리해서는 안 된다.

때때로 훌륭한 몸치장은 여자의 매력을 더욱 가속화시키는 힘이 됨을 잊지 말아라. 알맞는 새 옷과 향수는 그것 자체 이외에도 또 다른 의미가 있단다.

"자, 저를 좀 보세요. 전 당신의 포옹을 기다리고 있어요."라는 식으로 은근히 상대를 끌어당기게 하는 힘이 있음을 알려주어야 한다.

이는 너도 곧 익숙하게 될 새로운 사랑의 기술이다. 물론 부인들 각자의 개성과 취미가 다르기 때문에 어떤 것이 너에게 어울릴 것이라고 꼬집어 말하기에는 어려운 점이 없지 않다.

왜냐 하면 그것은 남자들이 제각기 좋아하고 싫어하는 기준이 서로 다르기 때문이다. 그러나 현명한 아내라면 어느 남편이든간에 자신을 던질 수 있는 매력을 찾는 무의식적인 탐지기를 가지고 있다는 사실을 알 것이다.

3) 압박감

대다수의 남편들이 아내의 입을 통해 그녀의 친구들이

경제적으로 자기들보다 얼마나 더 잘 살고 있는가를 반복해서 듣게 될 때 남편은 아내에 대하여 자동적으로 장벽을 쌓는 내적인 갈등이 있음을 지나쳐서는 안 된다.

"……그래서 그 애 남편은 부사장으로 승진이 됐대요. 아마 당신이라면 어려울 거예요."

어떤 남자라도 자기가 타인에게 비교의 대상이라는 것은, 특이나 자기 아내로부터 평가를 받고 있다는데는 예외없이 분노와 절망감을 느끼게 된다는 사실이다.

그러므로 아내로부터 지나치게 받는 압박감은 결혼생활을 파괴하는 분명한 이유가 된다는 사실을 명심해라. 어떤 남자이든 간에 다그치는 아내 앞에서 마음이 가벼워지는 사람은 없다.

만일 네가 그 사람에게 현재의 사회적인 위치에서 발을 떠미는 고통을 준다면 자신의 무능력함을 감당하지 못하는 남자들과 같은 길을 걷지 않으리라고 어떻게 보장할 수 있겠느냐?

그 사람이 사회생활을 하면서 그와 같은 압박감 때문에 자기 자신을 감추기 위한 가면을 쓰고 시간에 쫓기다 보면 자연스럽게 활동하고 있는 친구들을 높게 평가하고 부러워한 나머지 초라한 사회 열등생으로 스스로 전락시켜 버리고마는 결과를 낳게 할 뿐이다.

특히 하루의 일이 끝난 저녁 시간이라든가, 그 주일의

마무리를 짓는 주말, 또 자유스러운 시간은 대부분의 남성들에게 특별한 의미를 주고 있음을 알아야 한다. 물론 여자들에게 있어서도 귀중한 시간이다.

그러므로 한 가정의 주부가 된다는 위치는 생활의 근본을 해결하기 위해 돈을 버는 남편의 역할만큼 중요한 자리가 아닌가, 두 사람이 터놓고 이야기해 볼 만한 문제이기도 하다.

그렇지만 맡은 일에 절대적인 책임을 져야 하는 남자들의 사회 속에서 자신을 부분적으로나마 숨기면서 직장생활에 피로해 있는 남편이 자신의 고충을 이해해 주며 또 동일한 운명체라는 사실을 일깨워 주는 장소 즉, 단란한 가정을 만들어 주는 고마움을 가질 수 있도록 헌신하는 아내에 대해서는 논란의 여지가 없다.

우리가 일생을 살아가면서 부딪치게 될 많은 어려운 문제들 가운데 충분한 것과 지나친 문제에 대해 정확한 선을 구분해 놓는다는 점은 중요한 일이다. 이것은 지금 우리가 이야기하고 있는 세 가지의 금기 사항도 포함되어 있음을 염두에 두거라

항상 너는 가정 안에서 무슨 이야기라도 마음놓고 할 수 있는 분위기를 만드는 요리사가 되어야 올바른 주부의 자격을 인정 받을 수 있다.

또 너는 자신을 희생해서라도 가정을 단정한 모습으로 꾸며놓는 일에 노력을 다 해야 한다. 그러나 너무 지나치지

않도록 세심한 배려가 있어야 함을 잊지 말아라.

너는 현명함을 지니고 있음으로 자기 자신이 어디에 속하며 누구와 함께 생활하고 있고, 다른 사람들의 성공에 끊임없이 비유하면서 마치 망치로 두드리는 듯한 압박감을 주지 않고서도 그가 해야 할 일과 책임이 무엇인가를 잘 일깨워 줄 수 있으리라고 나는 믿는다.

한 남자와 한 여자가 서로 만나 새로운 출발과 함께 자신들을 투명하게 들여다 볼 수 있게 된다는 것은 결혼만이 가지는 또 하나의 특권이며 하나님으로부터 축복 받은 선물이다.

그러나 결혼이란 새로운 삶의 항로는 쉽게 이루워지는 것은 결코 아니다. 또 생활의 주위를 겹겹이 둘러싸고 있는 제약과 방어의 껍질들을 벗기기에는 더 더욱 어렵다. 그렇기 때문에 아주 사소한 일에서도 내적인 갈등과 저항과 마찰을 가져올 수 있는 여정과 같다.

이런 문제에 부딪치는 경우 가장 중요한 문제는 오래 가지 않도록 하는 자기 조정이 중요한 열쇠가 된다. 끊임없이 나쁜 쪽으로 진척되는 상황을 따뜻한 시선과 마음으로 측정하고 서로에게 엮어놓은 애정이 갈수록 명랑한 쪽으로 진행되는가를 확인하는 것은 바람직한 일이다.

사랑하는 딸아!

남자란 자기와 진실된 모든 것을 함께 나눌 수

있는 여자에게 자신의 전부를 주고 싶어 하는 희생의 사슬이 있다는 것을 꼭 믿어주기 바란다.

– 너의 사랑의 성취를 빌며, 아빠가

LETTER_13

가정, 그보다 아름다운 낙원은 없다

나의 딸 카렌에게.

아버지는 한 가정의 강력한 보호자와 같은 존재이지만, 어머니는 단지 거기에 달려 있는 부분적 역할밖에 할 수 없는 나약한 여자라는 개념은 멜로 드라마에서나 볼 수 있는 주제다. 그러나 실제 생활에서는 그렇지 않음을 너도 확실히 경험으로 알고 있을 것이다.

너는 현명한 아이이니까. 네 남편의 성격 어딘가에 어린 소년과 같은 순수무구한 점이 있음을 엿볼 수 있을 것이다. 때로는 그것은 네가 그 근원을 추적해 낼 수 없는 불가사의한 것들 중의 하나임을 느낄 것이고, 너의 내면에 끝없이 흐르고 있는 감정을 통해 감지할 수도 있다.

어느 날 절망에 빠진 한 아버지로부터 대단히 흥분된 전화가 걸려왔다. 그는 장황하게 떠들면서 나보고 당장 달려와서 자기의 아들을 좀 돌보아 달라는 간절한 요청이었다.

누가 자기 집안의 불미스러운 일이나 자식의 허물을 남에게 알리고 싶어 하는 사람이 어디 있겠니? 하지만, 때로는 부모나 형제들도 해결할 수 없는 일이 생겨나서 고통을 함께 나누지 않으면 안 되는 것이 우리들의 가정사이기도 하단다. 그럴 때 어려움을 함께 나눌 수 있는 이웃 사람들에게 도움을 청하는 것은 아주 상식적인 일이지.

그때 난 교회의 잡다한 일에 이미 약속이 되어 있어서 다음 기회로 미루고 싶었으나 거듭 걸려오는 전화에 모든 약속을 취소하고 그의 도움에 응하기로 했다.

내가 만난 14세의 소년은 집에서는 물론 학교, 그가 나타나는 곳 어디에서나 항상 소동과 문제를 일으키는 아주 심각한 상태의 아이였다.

그의 아버지가 나를 소년에게 소개했으나 아무 반응도 보이지 않았다. 소년의 표정이 무관심을 넘어 경멸에 찬 시선으로 나를 한 번 힐끔 바라다볼 뿐 감정의 변화를 나타내지 않았다.

이에 다소 난처해진 소년의 아버지는 부드럽고 나즉한 목소리로 타이르듯 말했다.

"애야! 뭣 때문에 그러는지 이분께 말씀드려라."

그래도 소년은 반응이 없었다. 몇 번이나 소년에게 말을 걸었으나 전혀 진전이 없었단다. 그때 난 소년을 그의 아버지부터 떼어놓아야겠다는 생각이 떠올라 이렇게 말했다.

"저, 서재에 가서 잠시 계시겠습니까? 댁의 아들과 단 둘이서 이야기를 나누고 싶습니다."

마침내 우리는 둘이만 있게 되었지. 아니, 나 혼자였다고 말하는 쪽이 더 정확한 표현일 게다.

당시의 분위기로 봐서 소년은 자유롭게 입을 열고 복받쳐 오르는 감정을 털어놓을 분위기인데도 아무 말도 하지 않고 그 자리에 그림자처럼 앉아 있었다.

그때 정말 우연히도 나는 내 시계줄에 걸려 있는 장식용 노란 축구공을 손가락으로 만지작거리고 있었다. 그건 너도 알고 있듯이 내가 무슨 생각에 젖어 있을 때 곧잘 무의식적으로 하는 버릇이 아니냐?

그러자 소년이 뭔가 혼자 중얼거리는 음성이 들려왔다. 나는 소년의 말소리를 금방 알아들을 수가 없었다. 얼마동안을 그렇게 횡설수설하더니 나를 뚫어지게 바라보면서 성난 음성으로 이렇게 말하는 것이었다.

"난 축구를 싫어한단 말예요. 난 죽어도 축구는 하지 않을 거예요. 그러니 제발 그 지긋지긋한 축구공일랑 내 앞에서 만지지 말란 말이에요."

그 후 수차례에 걸친 방문과 오랫동안의 상담에 관한

이야기들은 생략하기로 하고 결론부터 말해 보자.

너도 짐작할 수 있는 문제라고 생각되겠지. 진짜 범인은 매사에 강압적인 소년의 아버지였단다. 그는 성년이 되어서도 고등학교 시절에 축구 선수로서 맛본 좌절감 때문에 늘 패배 의식을 느껴왔다고 나에게 고백했다.

그래서 그는 항상 마음 속으로 자기의 실패를 부끄러운 수치심으로 간직하고 지금까지 살아왔던 것이다.—마치 오래된 레코드처럼 반복하면서 말이다.

"나는 저 애가 세 살 나던 해부터 운동선수로 만들려고 작정했습니다. 아시다시피 많은 스타 플레어들은 일찍부터 그런 과정을 거쳐오지 않았습니까? 그러나 저 녀석은 하라는 것은 하지 않고 늘 집 주위를 빙빙 돌며 먹는데만 열중하는 것이었습니다. 어떤 때는 화가 치밀어 때리기도 했습니다. 그놈은 어떻든지 운동을 해야만 합니다. 당신도 내 뜻에 동의하실 것입니다. 운동이란 젊은 아이들한테 얼마나 건전하고 유익한 것입니까? 나는 축구 코치와 많은 상의를 했습니다. 그 아이가 조금만 노력하면 훌륭한 선수가 될 수 있는 소질을 갖추고 있다는 것입니다. 또 코치는 훌륭한 선수가 되면 주 장학금을 받을 수도 있다고 했습니다. 그러면 나중엔 프로팀에 소속되어 많은 급료와 상여금을 받음은 물론 관중들로부터 환호와 갈채를 받는다는 것을 아시죠?"

등등 싫증이 날 만큼 그는 많은 이야기를 해주었다.

바로 여기에 소년의 문제점이 있었던 것이다. 이런 간절한 아버지의 병적에 가까울 만큼 자식에 대한 열망과는 달리 소년은 조금도 운동에는 관심이 없었고, 물론 하고자 하는 마음도 없었던 것이다. 그럴수록 소년의 아버지는 무서운 표정과 매를 들었고, 소년은 자기의 불만을 아버지를 괴롭히는 일로 폭발시켰던 것이다.

이러한 이야기는 끝에 가서 행복하게 마무리 되지 않니?

축구나 다른 운동에는 관심이 없었지만, 소년은 한 가지 것에 심취해 있었고 아주 열심이었다. 소년이 이번 금요일 저녁 자선 파티에서 큰 역할을 담당한다면, 아마 넌 깜짝 놀랄 것이다. 축구팀에 출전하는 것이 아니라 졸업반 연극제에 등장하는 스타란 사실이다. 이것이 소년이 하고 싶어 했던 자기의 취미였다. 연극 스타로서 말이다.

범인격인 소년의 아버지는 어떻게 되었을까 매우 궁금하겠지. 그는 그 후에 두세 명의 정신과 의사로부터 치료를 받았으나 별 효과를 보지 못했다.

몇 년 동안을 완전히 치료되지 않은 상태에서—의사들 역시 완치할 수 없을 것이라는 판정이 내려졌지—거리를 배회하기도 했다.

오히려 아들의 생활 방법에 적응하는 것이 치료의

지름길이 된다는 의사의 권유에 따라 태도가 많이 달라졌긴 하지만, 병세는 여전히 호전되지 않았다.

이번에는 거리를 돌아다니며, 아들 자랑이 열심이었다.

"이번 금요일에 할리우드에서 신인 발굴 대회가 있습니다. 내 아들이 거기에 참가한답니다. 아시다시피 배우한테는 많은 돈을 주죠. 아시죠, 배우 말입니다."

지난 주 며칠 동안은 아버지와 아들이 공원 벤치에 함께 나란히 앉아 있는 모습을 보고 난 매우 기뻤다. 현대의 정신과 의사들은 매우 훌륭한 것 같다.

사실 몇 년 동안을 이 슬픈 아버지는 가족과 함께 예배에 참석할 수도 없었다. 그는 모든 것을 새롭게 시작하지 않으면 안 되었다. 노래를 부르는 것도 기도문, 성경을 읽는 법도 아들에게 의존하지 않으면 안 되었던 것이다.

이들 부자의 대결은 아버지의 무모한 욕망에서 비롯된 것이었고, 충족되지 않는 아들의 거부 반응은 피해의식에 젖어 있는 아버지에게는 아주 절망적인 상처였다. 그러므로 문제를 만든 장본인은 14살 소년이 아니라, 사실은 소년의 아버지였다.

사람을 양육하는데는 많은 방법이 있고 논쟁을 야기시키는 여러 방식이 있지만, 소란을 피우는 방법은 한 가지 밖에 없다. 그것은 네 가까이에 있는 사람들에게 짜증스러운 말이나 협박하는 행동을 취하면 곧 반응이 일어남을 쉽게 알 수 있지 않니?

이처럼 빈센트 역시 어린 시절로 되돌아가서 천진난만한 동심 속에서 한때나마 보내고 싶은 감정이 있는 것이다. 그렇다면 어린애처럼 행동하고 싶은 강렬한 충동을 탓할 일이 아니라고 본다.

그러나 감정이나 행동은 누구나 다 느끼는 인간만의 순수한 모습이다. 이것의 대부분은 무의식적인 증상으로 특별한 치료를 요구하지 않는 현상임을 너 역시 빈센트를 통해서 깨닫게 될 것이다. 이렇듯 그 사람도 어린시절의 어느 부분이 아직도 마음 속 깊이 남아있는지 자신도 잘 모른다는데 원인이 있다.

나는 아주 권위 있는 심리학 책을 읽고 있는데 지구상의 모든 사람들은 때때로 가장 원초적인 만족감을 느낄 수 있는 모태의 자궁 속으로 다시 돌아가고 싶은 충동을 느끼고 있다는 내용에 깊은 흥미와 충격을 받았다.

너무 전문적인 책이어서 이해할 수 없는 부분이 상당히 많았으나, 이 내용만큼 분명한 의미를 주는 인간의 원초적인 성향을 설명하고 있다는데 주목해 볼만한 책이었다. 너도 한 번쯤 이해를 갖고 자신을 관찰해 보아라.

어떤 때 그 사람이 내 무릎에 머리를 눕히고 부드러운 손길로 머리카락을 어루만져 주기를 은언 중에 바라고 있음은 좋은 예다.

앞에서 아버지는 한 가정의 강력한 존재이지만 어머니의

부수적인 역할은 멜로 드라마에서나 볼 수 있는 내용이라고 말했다. 그러나 어느 정도 가부장적인 현명한 아내와 능력 있는 행운의 남자 사이에 있어서는 사랑의 내용이 훌륭한 인생 드라마에 어울리는 기폭제이기도 하다.

극작가 안톤 체홉은 관객들이 연극의 목적을 분명하게 이해하지 못하면, 그 작가의 극작품은 관객들을 당황하게 만들 것이라고 경고했다, 즉, 그의 말은 극작가로서 작품이 관객들에게 전달되는 문제점을 지적한 것이지만, 사실 그것을 해결하는 안목은 관중들에게 달려 있다는 것이다.

내가 체홉처럼 해결을 하지 않은 채 그냥 지나쳐 버리지 않으면 안될 몇 가지 문제점을 그대로 남겨 두어야 하는 것은 불행한 일인지도 모른다.

그러나 분명한 것은 남편이 강력한 가장의 입장에 놓여 있을지라도 순수한 부성애의 갈망으로 자신을 방임해 버리고 싶어 하는 소년의 감정을 비밀스럽게 발견해 내서 가정의 화목에 불을 지피는 역할이 바로 아내가 할 일이지 않겠니.

다만 내가 여자가 아니기 때문에 기술적인 이야기를 어떻게 표현해 줄 수 없는 것이 안타까울 뿐이다.

이제 우리가 이 글의 말미에 이르렀기 때문에 더할 나위없는 행복감을 가지고 편지를 정리해 보기로 하자.

이 장을 '행복한 남자의 행운'이라고 하면 어떻겠니?

아내가 남편의 남성다움을 예찬하고 이따금 어머니가 어린애를 달래주듯 응석을 받아주면 '복 있는 자! 그대는 이런 아내를 맞은 남자이니라.'는 답례를 받을 것이다.

– 남편에 대한 찬미와 깊음 모성애를 발휘하길 빌며, 아빠가

LETTER_14

경험을 두려워하지 말라

나의 딸 카렌에게!

신혼여행 첫날밤 호텔에 투숙하여 숙박 명부에 부부 이름이 기록됨으로써, 너희들 두 사람은 이 세상을 초월한 육체적 관계가 맺어지게 된다.

섹스란 하나의 성스러운 의식이다. 첫날밤과 그 이후 두 사람이 나누는 육체적인 관계는 하나님의 소중한 선물이다.

두 사람의 결혼은 축복 받는 예식을 거쳐 완전한 삶을 이루는 2중주가 하나님과 함께 하는 3중주라는 사실을 이해하게 되기를 진실로 바라는 마음이다.

그러므로 결혼이란 의식을 통해서 두 사람의 몸을 서로 다르게 만들어 놓은 전능한 창조주와 새로운 관계를 맺는 약속임을 잊어서는 안 된다.

또 너희들은 하나님의 무한한 사랑을 서로 나누어 가지고 있다는 생각 속에서 성생활을 함께 나누어야 한다. 따라서 그것은 아름다운 행위이며 거룩하고 신성한 의식이다.

그리하여 젊음과 정열, 사랑으로 이루어지는 성의 아름다운 불꽃에 온몸을 태우게 될 때, 비로소 두 사람은 자신의 내부에 깊이 숨어 비밀스럽기만 했던 성스러운 환희를 얻을 수 있다.

하지만, 두 사람 모두가 다 함께 노력해야만 만족한 합일을 얻게 된다. 왜냐 하면 완전한 성이란 올바른 이해와 예의, 더 나아가 인내가 없으면 얻기 어려운 민감한 행위다.

첫째로, 그것은 이 사회가 너희들에게 도움을 주지 못했다는 원인도 있다. 너는 불결하고 싸구려 섹스를 영화 장면이나 책에서 읽었을 것이다.

우리 인간은 외설스런 이야기로 섹스를 천박하게 만들고 타락과 같은 절망의 구렁텅이로 격을 낮추어 놓았다. 그러면서 너무나 흔하게 우리의 시선이 닿는 곳 어디에나 방향제, 화장품, 댄스홀, 극장가, 심지어는 자동차, 담배 선전에 이르기까지 섹스가 동원되었다.

이렇듯 범람해 있는 오염된 섹스를 어떻게 하면 본래의 모습으로 찾아 낼 수 있을까? 바로 이것이 너에게 보내고 싶은 이 편지의 주요 내용이다.

완전한 성생활은 아름다운 삶의 가치를 부여해 주고

창조주의 뜻에 부합된다는 차원 높은 선물이다. 그러므로 아름다운 섹스란 기분이나 분방한 행위에 의해서 이루어지는 것이 아니라는 사실을 명심해 두기 바란다.

여기에 대한 명쾌한 답은 많은 시간과 두 사람의 노력에 따라 얻어지는 결과가 있을 뿐이다.

이 문제에 대해서 너희 두 사람도 예외는 아니지만 많은 부부들이 별 관심 없는 이야기거리로 쉽게 넘겨 버릴 수도 있다. 그러나 보다 많은 문제와 고민이 그 안에 내재해 있다는 것을 네 자신도 느끼게 될 것이며, 불행을 초래하는 원인으로 등장된다는 사실 또한 간과해서는 안 된다.

완전한 섹스란 쉽게 이루어지는 것이 아니다. 그래서 많은 부부들이 중대한 실수를 범하는 요인이 되기도 한다. 그들은 생각하기를 결혼만 하면 자동적으로 행복한 사람들이 되는 줄 아는데, 그렇게 간단하지 않은 것이 부부 관계이다.

그래서 최상의 성생활이 올바른 결혼생활을 지향해 나가는 목표라는 사실을 이해하게 될 때 비로소 너희 두 사람은 기본적인 준비에 놓이게 된다는 것을 명심하기 바란다.

어떤 때는 생각했던 것보다 그 진척도가 늦어지는가 하면 때로는 멋지게 한 걸음 크게 발전되기도 한단다. 그러나 진행 속도가 어떻든간에 시간이 걸린다는 것은 분명하다.

두 사람이 이상적인 목표에 빠르게 도달하지 못하도록 방해하는 요인은 결혼생활에 동반된 불분명한 죄의식에서도 찾아 볼 수 있다. 이것은 완전히 잊었다고 생각하고 있는 어떤 과거에 대한 과실일지도 모른다. 이런 유령 같은 것들은 가장 적합하지 못한 때 불쑥 망각의 무덤을 뚫고 나와 벌써 잊었느냐는 듯이 심술궂게 불안감을 가져다 준다.

사소한 예 같지만, 너의 구애는 나쁜 버릇이 없어져야 하는데도 아직까지 남아있으므로 해서 안정감을 잃게 된다. 약혼 시절에는 서로 말다툼을 함으로써 성적인 긴장감을 은연 중에 해소시키는 경우도 있다. 그런데 시간적으로나 시기적으로 보아서 이런 긴장 해소 방법이 더 이상 필요하지 않은 부부가 순전히 지난날의 쓸데없는 버릇 때문에 말다툼을 하고 소동을 벌이는 것을 오랜 상담을 통해 보아왔다.

그러므로 너희들도 이런 악재에 조심해야 하며 공식적으로 결혼했다는 엄연한 사실이 자신의 내부에까지 침투되어 온전하게 자리잡기까지에는 꽤 오랜 세월이 걸리게 된다는 것을 명심해야 한다.

또한 이와 같은 돌발적이고도 불행한 일이 발생될 수 있는 여지가 보이면 서로 도와야 한다. 부드러운 몸가짐으로 서로 이해하고 인내하며 자상한 대화 속에서 잠자리에 들며 내일의 행복을 위해서 결합하는 슬기를 배워야 한다.

섹스란 기분이나 분위기에 민감하게 반응하므로 잘 조절하지 않으면 안 된다.

잠자리에 들면 막연하게 스며드는 어렸을 때의 불행했던 기억의 파편들이 날을 높이 세우고, 남편 이외의 다른 남성이 그림자처럼 다가오는 경우도 있다.

이러한 불규칙한 정서적 강박 관념을 혼자 치유하기에 노력하는 것보다는 마음의 문을 활짝 열고 언제라도 상대를 받아드릴 수 있는 적극적 인 자세가 필요하다.

서로에게 충실하고 순수한 마음으로 열렬히 사랑한다면 얽은 불안의 그림자는 점차 사라질 것이다. 하지만, 자신들의 그 어떠한 노력을 경주했는데도 곤경에서 헤어날 수 없다면 그런 사람들을 위해서 전문적인 도움을 주는 기관과 자료가 있다는 것을 너는 알고 있을 것이다. 그러나 지금은 그런 것들로 시간을 낭비시키고 머리를 애써 괴롭힐 필요는 없다.

내가 빈센트를 좋아하는 여러 가지 이유가 있지만, 그 중에 하나가 그는 원하기만 하면 곧 순응할 줄 안다는 마음가짐이다. 섹스에서도 바로 그것이 중요한 열쇠가 된다는 사실 또한 명심해 주기 바란다. 그러므로 그가 요구해 오면 기쁘게 생각하고 네 자신의 모든 것을 맡겨야 한다.

자, 이제 우리가 시작했던 처음으로 다시 돌아가 보자.

섹스란 성스러운 의식이다. 그것은 가장 고귀한 영혼과 육체가 영합하는 행위인 것이다. 곧 빈센트와 너와의 합일을 말함이다. 그러나 무엇보다도 중요한 것은 활기 찬 인생과의 만남이라는 사실이다.

그것은 단순한 인류의 생식 이외에 다른 목적을 위해 인간의 육체를 창조해 낸 하나님과의 순결한 영합을 의미한다.

또 섹스는 우주의 깊은 곳에 깔려 있는 리듬을 듣는 거와 같은 원초적인 비밀이기도 하다. 그것은 지구를 영원히 돌게 하며 나뭇가지에 수분을 오르게 하는, 밤이면 별이 떠서 빛을 반짝이게 하고, 강에는 늘 물이 흐르게 하는 섭리 속에 어느 날 두 사람이 마주 서서 서로의 눈 속에 담긴 인생의 깊은 의미를 우주의 힘과 결합하는 일이다.

이와 같은 단계에서 결혼생활에 이르게 되면 인간만이 스스로 선택할 수 있는 영역보다 훨씬 위대한 창조의 과정에 네가 실제로 몰입해 있다는 사실을 증명하는 좋은 예이기도 하다.

구약성경의 맨 첫장에 인간의 창조에 관한 아름다운 이야기가 나온다. 그것은 어떤 현인이 태초에 인간은 어쩌다가 우연히 생긴 존재가 아니라는 기쁜 소식을 알려주려고 쓴 것이다.

이 첫장에 기록되어 있는 인간의 가장 고귀한 존재에 대해

끝맺기에 앞서 '창조주의 완벽하고 신비한 방식으로 놀랍고도 또 놀라운 일을 하셨으니, 그것은 남자와 여자를 창조하셨다.'라는 구절이다. 또 이 첫장을 다시 보면 다음과 같은 명쾌한 말이 있다.

'그리고 하나님이 보시기에도 참으로 아름답더라.'

이것은 네 어머니와 내가 이 말의 진실성을 맨 먼저 보증할 수 있다. 또 많은 부부들과도 이 말의 뜻에 대해 상담해 보았지만, 모두들 이 같은 하나님의 뜻을 진심으로 찬송하고 있음을 알 수 있었다.

– 하나님께서 우리에게 주신 모든 것을 찬미하며, 아빠가

LETTER 4 남편에 대한 에티켓, 영원한 신혼을 약속한다

LETTER_15

사랑 받는 아내의 조건

사랑하는 딸 카렌에게!

이 세상에는 똑같이 생긴 사람이 한 명도 없다고 한다. 우리 모두는 두 개의 눈과 귀, 하나의 코와 입, 두 손과 열 손가락에 이르기까지 육체를 형성하고 있는 모든 기관을 고려해 볼 때 이 말은 틀림없다.

어느 누구라도 똑같은 방법으로 양육된 사람이 없다는 사실을 생각해 보면, 이는 더욱 더 명백하게 증명할 수 있다. 자란 환경이 서로 다르기 때문에 가장 이상적인 결혼이라고 하더라도 두 사람의 차이는 필연적인 것이다.

마찬가지로 유전인자에 의하여 성별이 분리되어 남자라는 형태로 태어나고, 여자는 전혀 다른 개체로 이루어졌다는 것은 결코 우연이라고 해명하기에는 너무나 신비스러운 그 무엇이 있다는 점이다.

그런데 그 모든 것 이외에도 네가 알아야 할 중요한 사항이 있다. 남자와 여자에게는 분명한 차이가 있는데, 그것은 왜 그런가 하면 처음부터 그렇게 만들어졌기 때문이다.

예를 들면 남자에게는 객관적이며 추상적인 면이 있고, 여자는 대체로 주관적이며 구체적인 성격으로 형성되어 있다. 남자는 창조적인 면과 직업적인 요소 때문에 그의 관심이 집 밖으로 쏠리는 경향이 있는데 반해 여자의 중요한 관심사는 가정에 더 관심을 두고 있다는 점이다.

이러한 차이가 사실이기 때문에 대부분의 남자들은 쉽사리 세상을 일반적으로 생각한다. 그러나 여자들은 남자들보다 매사를 개인적인 것으로 생각하기 때문에 보다 많은 것을 예민하게 느끼게 되는 것이다.

이런 현상은 학교에서 가르쳐 주지 못한 것은 교육의 실수였다. 직장에서의 남녀 관계란 서로 평등한 자세로 협동하며, 공동의 책임 의식을 갖고 신체적으로나 능률면에서 여자가 뒤떨어져 있다는 사실을 인정하고 세심한 배려를 해준다.

그러나 여자들만으로 구성되어 있는 직장에서의 일은 그렇게 원만하지만은 않다. 너의 경험으로 말하는 것이지만, 많은 초심자들이 그 차이를 알기도 전에 직장에 대한 의욕을 스스로 상실해 버리고 떠나는 광경을 종종 보아왔다.

행복한 결혼이란 근본적인 차이점을 어느 정도 용납하느냐에 따라 좌우된다는 사실을 깨달아야 된다. 한편 인간의 본성을 재빨리 파악해서 두 사람이 결합하는데 서로를 보충하여 줄 수 있도록 분위기를 만들어야 한다.

네가 가장 좋아하는 빛깔로 커튼을 새로 만들었는데도 그가 관심을 보이지 않고, 아이의 첫 이가 나서 네가 기쁨에 날뛰는 것과는 달리 그 사람이 별 반응을 보이지 않을 때 그의 무관심을 탓하기 이전에 성별의 차이를 미리 인식함으로써 큰 위안이 될 것이다.

또한 그가 회사의 골치 아픈 일을 집에까지 가지고 와서 창밖만 내다보고 있을 때, 이러한 내재적인 성별의 차이점을 기억한다면 많은 도움이 되어줄 것이다.

또 그는 네가 생각하고 있는 것과는 조금도 관련이 없는 것을 개인적으로 찾고 있을 수도 있다. 네가 그의 일을 사소하게 생각하는 것은 단지, 그는 남자이고, 너는 여자라는 차이를 나타내는데 문제점이 있음을 알아야 한다.

이제, 이러한 모든 것들을 너의 성생활과 연관시켜 생각해 보자.

많은 부부들의 경우, 섹스는 일반적인 아주 사소한 실망에서부터 시작되어 그치지 않고 무미건조하게 진행되다가 육체의 파경에까지 이른다. 이렇게 결혼생활이 엉망으로 되어버리는 이유는 부부가 다음과 같은 사실을, 즉 남성과 여성 사이에는 몇 가지의 자연적이며 생리적인 차이점이 있다는 것을 깨닫지 못하기 때문이다.

그것들이란 도대체 무엇일까? 아주 중요한 몇 가지를 알아보자.

섹스란 남편보다는 아내 쪽에 더 깊은 의미가 있는 듯하다. 이 말을 듣고 너는 깜짝 놀라겠지. 그러나 상담을 해온 많은 부인들이 이런 말을 하더구나.

"내 남편이 하루 종일 생각하는 것은 섹스인가 봐요. 그는 나의 동작 하나하나를 섹스와 연결시켜서 해석해요. 남자들은 인생을 섹스의 심볼로 생각하나요?"

이런 말을 주의 깊게 조사해 보면 중요한 사실이 숨어 있음을 알 수 있다. 남자가 섹스에 사로잡혀 있는 것처럼 보이지만, 여자보다도 더 중요하게 생각하고 있다고는 볼 수 없다. 오히려 그 반대라는 것이다.

섹스에 대한 남자의 욕망은 오히려 표면적이고 육체적이다. 그러나 여자의 감정은 훨씬 더 깊고 정신과 영혼의 문제라는 점이다. 그는 너보다 더 쉽게 흥분하지만, 너의 모든 것은 더 깊은 곳에서부터 얻어진다는 사실을 알지 못한다.

어느 귀엽고 예쁜 부인이 나에게 이런 말을 했는데, 그것을 너에게 얘기해 주고 싶다. 그녀 역시 끊임없는 남편의 성욕에 진저리가 나 있었다. 불행하게도 그가 처음부터 무분별하게 서두른 것은 변명할 수 없는 실수였다.

그래서 우리는 이러한 성별의 차이에 관해서 이야기를 나누게 되었지. 그때 그 여자는 아주 재치있게 이렇게 말하는 것이었다.

"나는 늘 섹스는 아침부터 시작된다고 생각하고 있어요. 모든 일을 시작할 때 주고받는 몇 마디의 부드러운 말은 매우 큰 의미가 있지요. 그리고는 낮에 한 번쯤 전화를 걸지요. 그가 집에 오면 몇 마디의 다정한 말을 주고받으면서 저녁 준비를 도와주기도 합니다. 이런 생각, 저런 생각을 말하기도 하고 하루 동안 있었던 일을 의논하기도 하죠. 적당히 애무도 받으며 때로는 몇 번씩 키스도 하지요. 이런 내 생각이 틀렸던 것 같아요. 아마 섹스란 아침에 시작해서 낮에 무르익고, 그리고는 밤에 잘 때 폭발하는 건가 봐요."

사실, 그 부인의 섹스에 대한 분석은 백 퍼센트 맞는 것이었다. 이 젊은 부인의 이야기보다 더 좋은 표현은 없으리라 생각된다.

모든 여성에게 섹스란 그렇게 되어야 하는 육체의 표현이다. 그래서 현명한 남자는 이런 기술을 배워 아내의 마음을 잘 다루는 예술가가 되도록 노력해야 한다.

아빠는 네가 그러한 예술의 대가가 되기를 바라고 있단다. 사실 성도착증에 가까운 남자란 드물며, 같은 말이지만 남자들은 처음부터 그런 식으로 이미 만들어져 있는 것이 아니라는 사실이다.

자, 그러면 네가 알아야 할 두 번째의

생리적인 차이점을 살펴보기로 하자.

대부분의 남자들은 여자들보다 더 자주 섹스를 필요로 하고 있음은 사실이다. 그러나 결혼을 한 사람들에게 모두 적용되는 법칙은 아니다. 성행위의 회수는 각자의 부부들이 결정해야 한다. 어떤 부부는 일주일에 한 번으로 만족할 수 있다. 그러나 다른 부부들은 그들의 왕성한 성욕에 비해 너무 적을 수도 있다.

또 어떤 부부는 매일같이 섹스의 아름다움을 즐기는 경우도 있다. 인간은 각자 모두가 서로 다르기 때문에 결혼생활도 부부에 따라 각각 다를 수밖에 없는 것이다.

가장 이상적으로 결합한 부부라 할지라도 계절이나 환경에 따라서 달라질 수 있다. 그렇기 때문에 어떤 부부이든지 똑같은 표준을 적용시킨다면 어리석은 짓이다. 질적 향상이 네가 말하는 모든 것에서 양보다 질이 더 중요하다는 사실을 잘 알고 있을 것이다.

그러나 내가 상담을 통해서 본 많은 부부들의 결혼생활에서의 성 빈도수는 남자에게 얼마나 자주 행위를 갖는 회수가 중요하고, 여자는 어떻게 하느냐는 내용이 중요하다는 사실을 알 수 있었다. 그렇지만 회수야 어떻든간에 중요한 것은 그 행위를 즐겁게 받아들여야 한다는데 있다.

성행위가 자신들을 피곤하게 만든다고 투덜대는 부부들은

그들의 생활이 지쳐 있음을 엿볼 수 있었다. 물론 규칙적인 것이건 다양성이 있는 것이건간에 육체적인 문제가 고려되어야 함은 물론이다. 대부분의 남자들은 자기들이 섹스 선수라고 생각하고 있는 과장된 면도 있음을 알아야 한다.

그런데 어떤 여자들은 남편이 섹스에 대해 관심이 전혀 없다고 불평을 한다. 이것은 예삿일이 아니다. 그래서 문제가 생기면 곧 전문가의 진찰을 받을 필요가 있다.

매우 정력적인 사람이라고 할지라도 실제로 어떤 골칫거리 문제를 갖고 있음으로 해서 성적인 욕구가 일어나지 않는 경우도 있다. 이런 때라면 신경질을 내지 말아야 할 것이며, 네 마음대로 생각하거나 행동해서도 안 된다. 그의 기분을 충분히 알아차려서 조심스럽게 접근하면 효과를 얻을 수 있다.

아니면 그를 위해서 즐겁게 네 자신을 현명하게 억제해야 한다. 그가 지금 지쳐있다면 너 지신의 관심을 진정시키는 쪽이 바람직하다.

결혼생활에서는 시간과 노력, 부드럽고 사랑스러운 관심이라는 더 큰 배경에 감정을 측정함이 바른 자세다.

그러나 여기에도 예외란 것이 있을 수 있다. 네가 어느 정도 섹스라는 것을 통해 남편을 행복하게 해 줄 수 있는 기회라고 생각되면 세심한 아내로 변신하여 본다. 사랑

받는 아내란 오로지 남편을 만족시킴으로써 자기 자신도 충분히 즐거움을 얻을 수 있도록 훈련되어야 한다.

내가 상담을 통해 얻은 경험으로 보아 양쪽 모두 똑같은 결과를 가져올 필요가 있다는 것은 사실이 아닌 것 같다. 어떤 작가가 말한 것을 보면 남자는 성교 때마다 여자에게 절정감을 가져다 주어야 한다고 한다.

그러나 내가 판단하기에는 그런 생각이라면 한 가지 잘못된 점이 있다. 하지만 꼭 그렇지는 않다는 사실이다. 어떤 부인은 자신이 전혀 절정감을 느끼지 못할 때일지라도 남편의 욕구를 기쁘게 만족시켜 준다고 말하고 있다.

나는 많은 부부들이 서로가 적절히 이해하고 받아들인다면 그들의 관계가 눈에 띄게 좋아질 것이라고 생각한다. 어떤 남자들은 자신들이 절정감에 이를 때마다 부인을 황홀경 속으로 이끌지 못한다면 실패작이라고 잘못 알고 있다. 이는 남자 쪽에서 조금도 부끄러울 것이 없다는 일방적인 욕망만을 앞세우기 때문이다.

그것은 오로지 자기 자신만의 정신적 육체적인 욕구만을 충족시키려는 목표를 세운 것이 잘못이다. 남편이 부인을 몇 번이나 절정까지 이끌어 가느냐 하는 것은 아내가 선택해야 할 일이지 남편의 입장이 되어서는 안 된다.

현명한 젊은 아내는 자기가 십대의 환상 속에 꿈꾸던

그런 정열적인 것이나 또는 싸구려 섹스책에서 읽은 대로라든지, 엉터리 작가가 외설스런 말로 묘사한 행위로 취급해서는 안 된다는 점을 이해해야 한다.

또 아내는 남편의 사람됨을 존중해 주지 않으면 행복된 결혼생활은 약속할 수 없다. 네가 어떤 행위에서 그가 만족하는 감정을 확신할 수 있다면, 너는 그 사람 앞에서 내가 한 말을 이해하는데 도움이 될 것이다. 다시 말하면 너의 육체가 남편과 같이 절정에 이르지 못할 때라도 정신적으로 그와 결합하고 있다는 느낌을 가질 수 있다는 것이다.

그러나 이것이 영원히 계속되어서는 안 된다. 남편은 아내의 절정이 자기의 감정과 일치하면 더욱 행복하게 느낀다. 지금 우리가 말했듯이 남자가 먼저 절정에 오르는 것은 사실이다. 하지만 여자는 적절한 때에 절정의 흥분을 갖게 된다. 그렇지 않으면 두 사람이 함께 절정에 도달하는 최고조에 이른다.

이와같이 성행위는 섬세한 행동이 필요하기 때문에 너는 이를 사랑해야 하고 노력으로 간직해야 하며 자연스럽고 즐거운 일이 되기 위해서 주의를 기울여야 한다.

우리가 앞에서 이이기한 것들 가운데 십대가 알아야 하는 섹스에 대해 함께 의논해 보는 것은 교육의 중요한 테마이다. 불행하게도 많은 부모들은 이런 성교육을 자식들에게 건전하게 가르쳐 주지 않았기 때문에 사고를 유발시키는 원인이 된다.

어떤 남자는 섹스에 대하여 아는 상식이란 추잡한 곳에서 주어들은 이야기뿐이다. 한편 다른 소녀들은 이 방면에 대해 전혀 백지 상태 속에서 자란다. 어떤 젊은이들은 여자와 섹스에 대한 관념을 '순교자와 같은 운명'이라고 생각하는 어머니로부터 삼투작용에 의에서 알게 되었을 뿐이다. 그러므로 두 사람은 이 문제 대해서 과거의 생각을 서로 솔직하게 확인해 봄도 바람직하다.

섹스라면 질겁을 하는 여자와 섹스에 미친 남자가 처음부터 그렇게 잘 될리는 없다. 우리 모두는 얼마간을 어쩌다가 귀동냥으로 듣고 배운 것들이기 때문에 결혼 초기 사랑의 행위에 왜 그런 것이 필요한가는 하나의 이유가 될 뿐이다. 뿐만 아니라 섹스가 성스러운 의식이라는 것을 또 한번 웅변적으로 증명해 주고 있다.

성적인 욕망을 억제할 수 없는 능동적인 아내와 남편들에 대하여 기억해 두어야 할 명제가 있다. 영리한 여자들은 남편에게 자신의 사랑에 대한 표현을 배급주듯 하지 않는다. 또한 여자는 시간이나 장소. 회수나 환경, 방법 등을 따지지 않는다는 것이다.

다음에 띄울 편지에서 더 이야기하기로 하고, 지금은 단편적인 것들만 의논해 보고 넘어가기로 하자.

나는 섹스를 즐기기 위해서 집 밖으로 나서는 많은 남자들을 알고 있는데, 그런 사람들의 대부분은 앞에서 말한 것처럼 행위를 따지는 여자들로부터 도피하고 싶은 욕망에서라는 점을 주의해야 한다.

네가 주의 깊게 보호해야 할 행복한 성생활을 망치게 하는 또 하나의 이유가 있다. 이것은 남편이 특별히 훌륭하다고 생각될 때 주는 상처럼 취급하는 경우다. 여자가 섹스를 남편에 대한 뇌물처럼 여길 때마다 뜻밖의 사건으로 다가가는 여자들의 첫 대열에 서게 된다는 것을 염두에 두기 바란다.

사실인즉, '돈 주고 사는 섹스와 의미가 없는 섹스'라면 완전한 만족을 얻을 수 없다. 또 얻을래야 얻을 수도 없다. 섹스가 거룩한 것이고, 삶의 한 부분으로 완성하기 위해서는 서로 진실되게 관심을 가질 수 있을 때 섹스의 의미를 알 수 있다.

그래서 많은 남자들은 '두 번째의 여자'에 마음을 둔다. 때때로 남자들은 그렇게 되고 싶은 숨은 욕망에서 충분히 사랑하고 싶어 하는 여자를 찾는다는 것이다.

이것은 참으로 중대한 가정 파괴로 이어질 수 있다. 넌 그렇다고 생각되지 않니? 최상급의 결혼생활이란 두 사람이 최선을 다 하는 인생 작업이라는 내 이야기의 흐름을 잊지 말아주기 바란다.

성숙한 부부애의 정신은 빙고 게임과 같이 운 좋게 얻을 수 있는 게 아니라, 두 사람이 노력해서 성취해야 하는 것이다. 섹스란 자연이 준 본능이라고 할지라도, 이는 하등동물과 같이 종잡을 수 없고, 대체로 가치중심적이며, 때로는 난폭한 그런 의미에서 자연적인 행위가 아니라는 점이다.

그러나 남자들은 이런 의미에서는 동물과 같은 습성이 있다. 즉, 그들은 여자들보다도 훨씬 빨리 준비 태세에 돌입한다. 대부분의 젊은 청년들은 성장해 가면서 쌓이고 쌓인 풀지 못한 많은 성적 욕구를 지닌 채 결혼을 한다.

그렇기 때문에 네가 너무 일찍 아이를 갖지 않는 것이 중요하다는 이유가 된다. 충분한 시간이 지난 다음에 애기가 태어난다면 빈센트는 그만큼 더 좋은 남편이 될 것이다.

근본적으로 너희들이 첫 아기를 낳기 이전에 서로 적응할 줄 아는 부부애가 더 중요한 것이며, 나중에 해야 할 일이 적어졌을 때 완전히 정리해 놓고 아기를 가지면 바람직한 부부가 될 것이다. 그러나 부부가 많은 시간을 보내며 서로를 알고 수년간 합심해서 사랑을 주고받고 태어난 아이라면 더 좋은 엄마 아빠가 될 수 있다.

너는 언제나 어린애를 좋아했기 때문에 네 행동으로 보아 아주 훌륭한 엄마가 될 것이다. 그러나 섹스에 대해 너의 마음이 멀리 떠나 있다 하더라도, 너의 남편은 필요할 것이고 끊임없이 요구해 올 것이다. 그럴 때는 그렇게 하기를 바라는 마음에서 그를 사랑하며 즐거움을 함께 할 수 있음을 빨리 확신시키도록 해라.

여기에 지극한 사랑이 있으므로 이름하여 '항상 뜨거운 결혼생활의 행복한 나날'이라 하자. 복이 있는 자는 진실로 사랑을 받기보다 줌으로써 남자의 왕성한 기력을 우아하게 받아들이며 축복해 줄 수 있는 것이 여자의 행복이다.

- 늘 감사하는 자세로 살아가길 빌며, 아빠가

LETTER_16

아름다운 밤의 연출, 여자에 달려 있다

사랑하는 딸 카렌에게!

우리가 결혼한 초기에 네 엄마의 친구이기도 한 사려 깊은 성직자께서『이상적인 아내의 참모습』이라는 그 분이 쓴 책을 한 권 엄마한테 선물하셨다.

처음 그 책을 읽을 때는 좀 외설스러운 내용 같더구나. 그러나 여러 번 마음속에 새겨보면 그것이 부정스러운 글이라기보다는 훨씬 더 바람직한 생각이라는 것을 곧 깨닫게 되었단다.

그 성직자께서는 한 남자를 위한 가장 완전한 여자는 '집안에서는 천사이나 침대 속에서는 악마'라고 표현하셨다.

사실 대부분의 남자들은 자기 아내가 '성인의 귀여운 요부'라는 케케묵은 어휘의 두 가지 양면성을 갖고 적당히 조화를 이루어 주기를 바라는 본능적인 면을 갖고 있단다. 그러나 내가 알고 지내는 부인들 중에서 이런 영예로운 칭호를 얻을 수 있는 여자는 소수에 불과하다는 점이다.

많은 부인들과 상담해 본 결과 그녀들은 처음부터 잘못된 생각들을 하고 있음을 알게 되었는데, 어떤 부인들은 자신만만하게 말하였다.

"저는 그 이의 요구를 한 번도 거부한 적이 없었어요."

하지만, 그런 말을 하는 부인들은 상처 투성이 용사인 남편을, 그 나름대로 희망에 부풀어 기다리게 하는 비극적인 주인공들을 연상케 해주고 있음을 확인할 수 있었다.

어떻든 이런 부부관계에 관한 이야기를 부모와 자식이란 입장에서 말해야 한다는 것은 다소 곤란한 일이지만, 그러나 성인의 입장에서 스스럼없이 이야기해 보도록 하자.

남자들은 누구나 여자보다 먼저 행동을 취해야 하는지를 걱정하게 된단다. 모름지기 너도 네 남편에 대해 자부심을 가지면서 이렇게 말할 것이다.

"제 남편은 그런 면에서는 전혀 걱정하지 않아요."

그렇지만, 사실 남자의 끊임 없는 요구는 그러한 걱정의 표현일 수 있다는 점을 알아야 한다.

자, 그러면 이제부터 본론을 시작해 보자. 나는 너에게 성스러우면서도 깜찍스러운 요부가 되는 몇 가지 방법과 지침을 주겠다. 위에서 말한 양면성을 지닌 아내는 남편을 자신이 바라는 대로 언제나 변함없이 독차지하게 될 터이니까.

첫째, 성적 표현에는 적극성을 보여라.

어렸을 때 숨박꼭질 놀이를 기억하고 있니? 숨박꼭질이란 누구에게나 아주 재미있는 놀이지. 그러나 그 놀이를 올바르게 진행시키기 위해서는 너도 가끔 술래가 되어야 한다는 배역이 무엇보다 중요하다.

섹스의 진리도 이와 똑같다고 보면 된다. 더욱이 이러한 사실 속에는 몇 가지 심오한 이유가 숨어 있는 것이다.

네가 항상 잊지 말아야 할 것은 빈센트도 너와 마찬가지로 요구하기를 바라고 있다는 점이다. 무엇보다도 섹스는 남자들에게 표명상의 일이기는 하지만, 내면적인 요소까지 완전히 해소시켜 주지는 못한다.

너는 다음과 같은 것을 상상할 수 있을 게다.

대개의 남자는 정말로 멋있다고 아내가 믿어주기를 원하고 있으며, 그래서 아내가 자기와의 성관계를 간절히 열망하게 되기를 바란다는 사실을 그냥 지나쳐서는 안 된다.

또한 남자들이란 어떠한 일이든간에 한 남자로써 충분한 가치를 느낄 수 있는 가정이 과연 있는가 하는데 인생의 또다른 자부심과 목표가 있다. 그렇지만 세상은 곧잘 남자의 자부심을 꺾어놓기도 하지. 그래서 자기만이 소유할 수 있는 울타리,

즉 가정 안에서 많은 것을 보상 받기를 갈망하고 있단다.
그러므로 생존경쟁이 치열한 현실 속에서 때때로 상처를 받게 되지만, 자기의 가정 안에서 치료를 받고 싶은 것이다.

네 남편이 이 거칠고 혼란스러운 세상살이를 보다 능동적으로 잘 견딜 수 있게 하자면, 네가 먼저 남편에게 확신감과 용기를 주어야 한다.

매일 그를 가장 소중한 사람으로 기다리며 애정으로 기득 찬 가정이 있다는 확신을 심어주는 것이 무엇보다 중요하다.

너는 남편의 일상생활을 통해서 그의 기복 상태를 누구보다도 잘 살피게 될테지, 그리고 그의 정신적인 흐름도 눈치 빠르게 알아낼 수 있을 게다.

더욱이 그가 자신의 일로 좌절을 느낄 때, 직장에서 상사로부터 아주 불쾌하게 취급 당했을 때. 또는 비중이 큰 중대한 계약이 성사되지 않았을 때, 그가 어떤 궁지에 빠져 있다는 것을 느끼게 하는 때라면, 너의 모든 마음과 육신이 그에게 다정함과 친밀감으로 위안을 주고 감싸주는 행동을 보여주어야 한다.

섹스란 상대편이 이 세상에서 가장 소중한 사람이라는 것을 확인하도록 하나님이 내려주신 축복된 행위란다.

사실상 모든 일이 어떤 방법으로든지 잘 되어간다 하더라도 남자나 여자, 인간 모두의 마음 속에는 어느 정도의 선천적인 외로움이 있게 마련이다.

오늘날 도덕성이 타락된 것은 인간들의 무책임한 행동 때문만이 아니라는 생각이 든다. 부도덕성의 일부는 소유되고 싶은 인간의 강한 몸부림의 표현이기도 하다. 또 행위가 올바르고 적절한 경우라면 섹스에 의해서 우리는 보다 더 바람직한 사회의 한 식구가 되기 위해 마음 속에 숨어 있는 고독에서 벗어날 수 있는 한 방편이기도 하다는 것이다.

우리 몸 속에 있는 모든 내분비 기관은 배출을 담당하고 있다. 마찬가지로 섹스도 내분비 청소를 필요로 하는 사람에게는 생물학적으로 배출시켜야 몸의 균형을 이룬다. 그러나 그것보다 훨씬 더 가치가 있는 것이 있다. 바로 자기 확신을 위한 촉진제이고, 상처 받은 자존심을 보상 받기 위해서는 훌륭한 위안이 되며, 침울한 정신력의 앙양을 위해서 몸부림칠 때는 심리적인 활력소가 된다는 사실이다.

여자의 선정적인 요소는 대개 남자들에게 환영 받을 수 있는 특별함이 있다는 점이다. 어느 날 밤, 외출했다가 집으로 돌아오는 길에서, 단 둘이서만 피크닉을 가는 날, 벤치에서, 숲 속에서, 햇빛이나 달빛, 별빛을 받으며 너희 두 사람이 안전하게 함께 있을 수 있는 곳이라면, 이러한 순간들은 남자들에게 영원한 추억거리로 남게 된다. 또 이것은 두 사람만이 쌓아올릴 수 있는 사랑의 성벽과 같다.

빈센트가 너의 욕구를 전혀 기대하지 않고 있을 때 가끔은 네가 먼저 그를 매료시킨다면 그는 온 심혈을 기울여 더욱 사랑하게 될 것이다.

그럴 경우 무엇보다도 중요한 것은 그 사람을 잘 이해시키는 요령을 배워야 한다. 그리고 너 스스로 술래가 되어야 한다는 것도 잊어서는 안 된다. 대개 남자들은 여자보다 섹스에 관해서 더 많이 생각하기 때문이다.

가끔 때와 장소에 알맞은 선동은 그의 예측에 묘미를 더 할 수 있는 촉진제로 효과를 얻게 된다.

둘째, 행위의 변형을 두려워 말아라.

내가 너에게 성행위 과정에 관한 입문서를 써줄 필요는 없을 것이다. 이미 너는 예비신부로서 결혼에 따른 훌륭한 신부교육을 받고 있으니 말이다. 물론 대학에서는 그러한 내용을 필요로 하고 있는 젊은 여성들을 위해 비치해 둔 훌륭한 참고 서적들이 많이 있을 테니까.

여기에서 내가 분명히 밝혀 두고 싶은 한 가지 중요한 점은 성행위란 무엇보다도 즐거워야 한다는 사실이다. 이 말은 지나칠 만큼 진지해야 된다는 뜻은 아니다.

너희가 온전한 기쁨을 누릴려고 한다면 이런

관계가 억제되지 않도록 노력해야 한다. 어떠한 방법으로든지 너희 두 사람은 자연스럽게 사랑을 나눌 수 있도록 서로 정신적 공간을 베풀줄 알아야 한다.

어떤 아내들은 색다른 행위나 방법이 있다는 것조차 전혀 들어보지 못한 경우도 허다 하다. 그러므로 다른 체위를 요구할 때는 가능한 자연스럽게 온전한 화합에 이르도록 서로가 협력해야만 그에 따른 부작용을 예방할 수 있다.

사실 대부분의 여자들이 여러 종류의 체위가 있고 흥미로운 변형이 있다는 사실조차 모르는 것을 부끄러워 할 일도 아니며, 또 그런 것들에 익숙해져 있다고 해서 결코 음란스러운 행위로 여겨서도 안 된다.

그러나 이것만은 명심해 주기를 바란다. 성생활에 있어서 두 사람 서로에게 부담스럽지 않고 즐거운 행위라면 어떠한 방법도 괜찮다는 점을 말해 주고 싶다.

남편이 불시에 '겁나는 제안'을 해오는 바람에 놀란 나머지 나에게 상담을 하러 온 몇몇 부인들이 기억난다. 그녀들은 주저주저하며 말을 꺼내는데, '변태적이다'라는 낱말이 자주 섞여 나오곤 하지.

어쩌면 너도 소녀시절 같은 또래의 급우나 친구들로부터 간간이 들어온 흥미거리의 호기심에 가득 찬 이야기들을 들었을 것이고, 또 그것이 무엇을 뜻하고 있는지 알고 있을 것이다. 그

많은 이야기들 중에 너희들을 혼동시킬 만큼 얼굴을 붉히게 한 대목은 동성관계에서 더 많은 호기심을 가졌을 것이다.

이런 행위는 훗날 정상적인 부부생활을 할 때 그런 경험을 가진 사람은 상대에게 심리적인 상처를 준다는 사실을 염두에 두어야 한다.

그러나 너와 빈센트 사이에서 무언가 이색적이고 서로 다른 더 원하는 열렬한 욕망에서 비롯된 방법을 찾아 구사하게 될 때, 두 사람에게는 변태적인 것도 추한 것도 불결한 것도 없다는 점을 너 스스로 새겨두어야 할 것이다.

어떤 부부들은 색다른 성적 행위에 한 번도 만족해 보지 못한 책임은 신경증적인 증세에 의해서 비롯될 수 있다는 점이다. 우리는 많은 남성들이 전적으로 모성애와 관계 있는 유아적 동경을 어른이 되어서까지 지니고 있다는 사실을 논한 바 있다.

내가 상담해 본 경험으로 모자 관계가 빈약했던 남자는 실험적 성행위에 특별한 관심을 갖고 있는 것 같다.

자랄 때 어머니가 지나치게 사랑해 주었거나, 아들이 부자연스럽게 정서적으로 어머니에게만 매달려 있다거나, 가정적으로 어루만져 주지 않고 소홀히 했을 때, 성장해서도 호기심을 유발시키는 갖가지 일에 쉽게 유혹된다는 것이다. 이러한 깊은 내적인 갈등에는 예외가 있다는 것도 깨달아야 한다.

그렇다면 너는 감정의 동요와 분위기를 솔직히 이야기하게 함으로써, 또는 다정하게 내적 성찰을 통해서 두 사람만의 바람직한 방법으로 완전한 성생활을 통해 서로를 이해하는 것이 행복한 부부생활의 기본이다.

이 원칙을 명심하기 바란다. 서로가 바라고 있고, 아무런 방해없이 성적인 만족을 얻을 수 있는 것이라면, 성행위에서 기쁨을 더 발견할 수 있다면 어떠한 방법이라도 좋다.

아마도 너는 이 세상을 위해서 무엇인가를 창조하는 것보다는 자신의 일에 더 많은 관심을 쏟을 것이다.

인간의 역사가 시작된 이래 상상해 볼 수 있는 모든 것들이 지금까지 끊임없이 시도되고 시험되어 왔다. 그러나 네가 마음의 문을 열고 즐거움을 갖는 일이라면 분명 스스로의 힘으로 어떤 새로운 기쁨도 찾아 낼 수 있을 것이다. 이것이 바로 예의 바른 성생활의 기본이다.

셋째, 하나님께서 뜻하신대로 네 몸을 멋있게 가꾸어라.

어느 날 오후 5시쯤, 나는 한 신자의 집을 방문하게 되었다. 그런데 그녀는 갑자기 일어서며 문쪽으로 가면서 이렇게 말하는 것이었다.

"저, 대단히 죄송합니다. 쉐드 박사님! 다름 아니고 30분 뒤에 남편 존이 귀가합니다. 저는 그이가 돌아오기 30분 전에 맞을 준비를 한답니다."

그녀는 매우 자연스럽게 이런 말을 했다. 그런 다음 그녀는 날 보고 가 주십사라고 청하고는 얼굴을 붉히며 어쩔 줄 몰라 했다.

그러나 나는 달랐다. 오히려 이러한 여자를 보면 내심으로 기뻤던 것이다. 나는 아낌없이 그녀를 예찬하고 밖으로 나오면서 콧노래라도 부르고 싶은 마음이었다.

"아, 멋지고도 오묘한 삶이여!"

돌아오는 길에 내내 그런 생각을 했다.

세상의 모든 부인들이 이렇게 30분을 그녀와 같은 마음가짐으로 남편과 자신을 위하여 멋있게 쓴다면 우리의 삶이 얼마나 변화될까 하면서 행복을 꿈꾸게 될 것이다.

내가 여기에 덧붙이고자 하는 말은 이 훌륭한 부인에게는 건강한 아이들이 다섯 명이나 있고, 모두 학교에 다니고 있다는 아름다운 이야기이다.

어떤 여자들은 손에 결혼 반지가 끼어지는 순간 모든 감각이 마비되어 버린 듯한 삭막한 생활 태도로 바뀐다. 대개 그런 여자들은 힘겨운 파티에서나 어울릴 듯한 옷을 집안에서 입고 있더구나. 또 그런 여자들이 하는 일은, 내가 보기에도 전혀 변명의 여지가 없는 천박한 것들이었다.

나는 다른 사람들이 한참 일하는 한낮에도 현란하도록 다양한 옷을 입고 있는 여자들을 볼 때마다 언젠가 내 친구 헤리슨 베킬 씨가 한 말이 생각난다. 그 친구는 어떤 인심 좋은 사람이 성가 대기실에 기증한 아주 요란스러운 양탄자를 보며 기절하듯이 이런 말을 했지.

"도대체 어울리는 색깔이어야 말이지, 안 그런가?"

네 모습이 어떻든 간에 빈센트는 너를 사랑한다고 말할 것이다. 네가 뚱뚱해지든, 모양이 안 나든 그는 신경을 전혀 쓰지 않는 것 같은 태도를 취할 것이다. 하지만 네가 학교 무도회라도 나갔을 때, 너희 두 사람이 짝이라는 사실을 모르는 사람들도 있을 것이 아니겠니? 그때 그의 친구들이 빈센트의 어깨를 두드리며 너를 가리키면서,

"도대체 예쁘게 잘 빠진 저 아가씨는 누굴까?"라고 묻기라도 할 것 같으면, 그 말을 좀체로 잊지 못할 것이다.

너는 아주 멋진 아가씨잖니. 그러므로 그가 오래도록 너의 모습에 흐뭇함을 느끼지 못할 이유가 없지 않느냐?

그리고 결혼서약에 대해서 생각해 보려므나.

"좋을 때나 나쁠 때, 부유할 때나 가난한 때일지라도 사랑한다고 약속하지만, 많이 사랑할 것이냐
적게 사랑할 것이냐?"라는 약속은 없다.

물론 아기가 생긴 뒤에는 더욱 어려워질 것이다. 지금 너는 아주 첨예한 삶의 경쟁에 대항하며 살고 있는 것이다. 경쟁

상대는 여기저기 도처에 있다. 이러한 삶의 신호는 잡아끄는 힘이 있기 때문에 늘 고려되어야 한다는 것을 잊지 말아라.

내가 보아온 바에는 이러한 것들에 대처하는 가장 좋은 방법은 집에서 두 팔을 벌리고 그를 기다리고 있는 너 자신을 알림과 동시에 전염병처럼 감염될 세상의 많은 유혹이 잘 보이지 않도록 하는 일이다.

남편이 터놓고 말하든 조용히 말하든간에 그 자신의 좋고 나쁜 내적인 감정을 아내와 나눌 수 있는 건전한 남편에게는 부인이 있는 집으로 가는 길보다 다른 여자에게로 가는 것이 더 좋을 리가 없다.

네가 이러한 마음가짐을 하고 있으면 함께 외출했을 때, 그가 다른 쪽으로 고개를 돌린다 해도 신경을 쓸 필요가 없다. 남편으로 하여금 다른 여자들에서 느끼는 좋은 감정을 너와 함께 하도록 할 수 있다면 훌륭한 태도이다.

또한 너희들이 결혼했다는 사실로 다른 사람들의 그럴 듯한 모습에 눈을 감아야 한다는 것을 뜻하지는 않는다. 물론 성행위를 하는 동안 서로 깊이 사랑하는 마음이 흐트러지는 순간도 있을 것이다.

이럴 경우 그 원인이 무엇인가를 서로에게 분명하게 말할 수 있을 때 행복한 결혼생활을 이끌어 갈 수 있는 것이다. 때로는 너희들만의 친밀한 시간을 위해 네 형편이 허락하는 범위에서 가장 멋진 옷을 입도록 신경을 쓰거라.

나를 동료보다는 아들같이 아껴 주시던 나이 많으신 부목사님이 한 가지 얘기를 들려준 적이 있었지, 그 분은 아들이 없으셨기 때문에 아버지와 같은 사랑을 베풀어 주셨다. 그래서 그분은 나에게 거의 모든 일에 관해서 충고를 해주셨는데, 그분이 들려주신 말씀 가운데 네 엄마와 지금까지 소중히 간직하고 있는 말이 있단다.

"여보게나! 자네는 어디에도 돈을 절약해서 써야 하지만, 절대로 아껴서는 안 되는 것이 두 가지 있다네. 음식과 여자의 속옷을 위해서는 아끼지 말게나!"

라는 말씀이었다.

이 말씀은 세상의 소금과도 같은 성직자의 현명한 충고라고 할 수 있는데, 그 분의 50여 년에 걸친 성공적인 사랑의 세월을 뒷받침해 주고 있다. 네 남편이 혼자 있을 때 생각나는 가장 귀한 기억들 가운데 너와 함께 있을 때 가졌던 아름다운 일들을 떠올리는 것이란다.

태초부터 여성은 남자를 유혹하는 능력을 가지고 태어났고, 이 때문에 많은 타락된 죄인들이 생겨났으며, 오랜 세월에 걸쳐서 도덕가들로부터 자책을 받아왔던 것이다.

그러나 세상은 아직도 이러한 진실, 즉 여자는 알맞은 때 알맞은 곳에서 그렇게 될 필요가 있기 때문에 그렇게 되었다는 이유를 깨달을 때가 되지 않는가 하는 생각이 들지 않니?

인류의 역사가 보여주는 성실한 결혼을 상실한 문명은 쓰레기 더미로 쇠퇴하고 말았음을 증명하고 있다.

타락한 성에 대처하는 방어벽은 여자의 자존심과 명예를 깊이 자각하고 자신의 자연스러운 매력을 최고로 구가할 수 있는 아내라고 말할 수 있을 때이다.

– 천부적인 기쁨이 함께 하길 빌면서, 아빠가

LETTER_17

결혼생활은 고뇌의 즐거움이다

사랑하는 딸 카렌에게!

신학교 재학 중에 결혼한 우리는 식료품 바겐세일을 하는 슈퍼마켓을 즐겨 찾곤 했단다. 그 가게는 통조림통을 한곳에 모아놓았는데, 마치 깡통으로 쌓인 작은 산더미 같았다.

그래서 사람들은 한 번쯤은 호기심으로 그 앞에 멈추어 서서는 큰 것, 작은 것, 동그란 것, 네모진 것, 뾰족한 것 등등의 오만 가지 형태의 통조림통을 구경하곤 했다.

하지만, 이 통조림은 보통 식료품 가게에 진열해 놓은 것들과는 뭔가 차이가 있었다. 상표가 붙어있지 않다는 것이 그 차이였다. 이 작은 결점 때문에 한 개당 3센트에 세일을 했던 것이다.

슈퍼마켓 점원들은 이것들을 손상된 상품으로 여겨서 옆에다 따로 골라 놓은 것이었음을—이 손상이란 것은 단지 움푹 들어간 것, 혹은 흠이 생긴 것으로 검사원의 눈에 약간 거슬린 것들—나중에야 알았단다.

슈퍼마켓 주인은 이 한 가지 결점 때문에 세일을 한 것이다. 상점 주인은 통조림 더미 앞에 서서 약간 상처는 났지만, 아주 훌륭한 음식물이 들어있다는 사실을 열심히 설명하곤 했단다. 그 주인의 말대로 통조림 속에는 아주 신선한 내용물이 들어있었다.

"3센트로 당신이 손해볼 수 있는 물건이 무엇일까요? 자, 여러분 돈을 내시고 마음대로 골라 가십시오."

너는 통조림을 흔들어 봐서 복숭아와 포도를 어떻게 구별해 내는지를 알고있니? 단지 소리만 듣고서 당근과 옥수수를 구별해 낼 수 있다고 생각하니? 그런데 네 엄마와 나는 어느덧 통조림을 흔들어서 그 소리만으로 거의 정확하게 내용물을 구별하는 전문가가 되었단다.

물론 모두 완전하지는 못했지. 그래서 우리는 가끔 디저트로 칠리|멕시코 소스|를 따라 내야만 했다. 칠리가 흔들리는 소리는 마치 후르트 칵테일과 같았다. 다행히도 우리는 아이스박스를 하나 갖고 있었고, 또 플라스틱 깡통 덮개는 싼 값에 그것들을 보관하기에는 어려움이 없었다. 그래서 우리는 흥청거리며 지낼 수 있었고 웃으면서 포식할 여유까지 즐겼다.

이것은 커다란 생활의 즐거움이었다. 그래서 우리는 두 주일에 한 번씩 통조림 무더기가 쌓여 있는 슈퍼마켓에 가는 외출을 은근히 기다렸단다.

월급날이면 3달러로 영양이 풍부한 통조림을 백 개나 살 수 있었으니 얼마나 멋진 기회이냐. 정말 그 주인의 말은 틀림 없었단다. 이것들은 맛이 훌륭했고, 아주 질이 좋은 상품이었던 것이다.

물론 우리가 원할 때는 이 초라한 생활방식에서 벗어나서 세련된 사람들이 거래하는 가계에서 쇼핑을 하는 때도 있었다. 그러나 지금 지난 날을 돌이켜 볼 때 가장 행복했던 기억으로는 그때의 일로 추억되고 있단다.

성경 말씀에도 '젊은 시절에 어려움을 견디어 내는 인내는 남자를 위해서 좋은 일'이라고 하셨다. 또 이 말은 여자를 위한 좋은 가르침이라고 한결같이 믿고 있다.

결혼 후 몇 년 동안 생활 필수품을 애정과 함께 뭉쳐 놓는다는 일은 젊은 남편과 아내 모두에게 좋은 생활 방법을 터득한 셈이다.

너희들이 살고 있는 집의 모양이 중요한 것이 아니라, 어떤 사람들이 그 집안에서 함께 살고 있느냐는 것이 더 소중함을 알아야 한다.

편안하게 몸과 마음을 눕힐 수 있는 곳만을 찾거나 꿈꾸거나 잘 치장된 거실에서 생활하는데 행복이 있는 것이 아니라, 네가 누리는 몫보다 훨씬 적은 것으로 만족을 느낄 수 있다는데 더 가치가 있는 것이란다.

너에게 가장 필요한 것은 지금, 새로운 물건이 아니며, 새 냄비, 새 그릇이 아니라 너를 순화시키고 너를 따뜻하게 하고, 네 마음에서 빛을 낼 수 있게 하는 삶의 불꽃들이다.

비록 이 말은 믿기 어려울지도 모르나 네 생활비가 제한되어 있다는 것을 다행한 일로 여겨라.

생계비를 이야기하자면, 내가 가장 좋아하는 인용구로 잘 알려지지 않은 어느 현인께서 하신 말씀이 있다.

"생계비란 엄격히 말해서 마치 긴 속옷과 같은 것이다. 네가 필요로 하면 그것은 더 많이 입어야 하는 것이고, 필요치 않다면 그것은 걸치적거리는 불량품에 불과할 뿐이다."

너도 언젠가는 그분의 말씀이 옳다는 것을 깨닫고는 그 중요함을 발견하게 될 것이다. 그러니까 잘 입지 않아도 될 때가 있다는 뜻이다.

그러나 우리가 매우 귀중하게 여기는 돈으로 생활의 예산을 짜는데는 몇 가지 규약이 있음을 알아야 하겠다.

자, 그러면 첫 번째 것에 대해 이야기해 보기로 하자. 너도 알다시피 우리 집에서는 돈에 대한 좌우명을 실천하면서 생활해 오고 있음을 알 것이다.

—십 퍼센트는 하나님께 바치고, 십 퍼센트는 저축하시오. 그리고 나머지 돈은 감사와 찬미하는 마음으로 쓰시오!

아버지는 이런 결심을 했던 그날을 지금까지 기억하며 후회하여 본 적이 결코 없다. 어떤 교훈은 다가오는 시대에 커다란 모순과 차이가 생기게 되는데도 말이다.

십 퍼센트를 하나님께 바치라는 말은 용기 없는 사람들의 마음에는 아무런 도움이 되지 않는다. 첫 번째 월급 봉투를 받으면 너는 재빨리 지출을 계산하게 될 것이다. 그리고 '우리의 문제는 다른 사람들의 사정과는 다르다.'라고 분별하는 일에 유혹 받을 것이다. 또 합리적으로 생각할지도 모르지.

"우리가 많이 벌때, 그때 가서 더 많이 바치도록 해야지."

그러나 그렇게 되지 않는 것이 우리의 삶이다. 이 일은 지금 네가 헌금으로 바치든가, 그렇지 못하든가의 둘 중의 하나이므로 생각해서 선택할 일이다.

이 헌금은 살아가기 위한 생활의 한부분이다. 그러나 넌 나에게 이 세상을 살면서 하늘을 우러러볼 것인가, 또 어떻게 재물을 슬기롭게 다룰 것인지 지적해 달라고 물어왔다.

바로 이것이야말로 멋진 생활의 발견에 이르는 '첫 번째의 관문'이라고 말해 주고 싶구나.

나는 많은 사람들이 절망으로 두려워하는 모습을 자주 본다. 이 두려움에 떨고 있는 마음은 여러 가지 일들에 좌우되어 위협당하고 있는 고통이다. 이들의 근본적인 불안의 요소는 재물이 그들

손에 들어오기도 전에 없어져 버릴 것이라는 탐욕 때문이다.

또다른 사람들은 그들의 과거로부터 드러나게 되는 두려운 기억에 묶여 있는 집착 때문이다. 이럴 때 너는 그들의 노이로제를 이해해야 한다.

그러나 많은 부부들은 자선이라는 새로운 생활 철학으로 충분히 축복 받는 삶의 장이 있다는 사실을 모르고 있는 것 같다. 이런 행위가 '재물'을 소유하기 위해서라면 아무 소용이 없다는 거짓 선행을 우리 인간은 깨달아야만 한다. 사실 이러한 일은 무상한 삶의 단편에 불과하다.

그러므로 '온전한 삶'을 위한 비결이란 더 많은 재물을 차지하는데 목적이 있는 것이 아니라는 점이다.

십 퍼센트를 먼저 기부한다는 결심은 영화로운 그날이 올 때, 너 또한 영화로운 삶의 근거가 될 수도 있을지도 모르기 때문에 예비하라는 것이다.

지금의 네가 그것을 상상해 볼 수 없는 것은 당연하다. 그러나 네 생활이 경제적인 쪼들림에서 누그러지기 시작할 때, 그러한 시간들이 아주 자연스럽게 찾아오게 되는 것이란다.

가정생활을 영위하면서 어려운 일이 생겨났을 때, 사람들은 비로소 자신을 위한 규칙을 만들기 시작한다. 그러나 만약 가난으로 하여 궁핍한 생활 속에서 확고하고 기본적인 원칙을 세웠다면, 네 노력의 방위 수단으로서 활용할 수 있게 된다는 사실을 깨닫게 될 것이다.

그러므로 십 퍼센트를 헌납하되, 먼저 바쳐야 한다는 진실된 마음이 첫 번째인 것이다.

두 번째로 십 퍼센트를 저축한다는 마음가짐은 엄격한 훈련이 요구되어지는 어려운 일이다. 거기에는 그 금액만큼의 어려움이 뒤따르는 여러 가지 이유가 있기 때문이다.

이것은 우리가 다음 편지에서 생각해 보려고 하는 낭비라는 어리석은 실책을 미리 방지하는데 목적이 있다.

또한 상호간에 합의된 저축 계획은 장래를 확신할 수 있는 만족스러움을 줄 것이다. 꾸준한 저축은 예상치 못한 일이 갑자기 생겼을 때, 자식들의 교육 문제, 생활의 견문을 넓힐 필요가 있는 여행뿐만 아니라, 훗날 사랑하는 자녀의 결혼 문제도 안전하게 해결해 주는 디딤돌이 된다.

확실한 원칙을 세워 금전 관리를 수행하는 정성과 심혈을 기울여야 삶의 터전에서 건실한 생활의 꽃을 가꾸는 좋은 인내의 작업이다.

걱정과 근심으로 낭비될 수 있는 시간을 네가 조금 더 인내함으로써, 또 너의 능력을 힘껏 발휘함으로써 가정의 앞날을 더욱 보장 받을 수 있는 튼튼한 기초가 다져지는 좋은 계기가 된다.

한편으로 고정된 할당의 저축은 지나치게 과분한 낭비로 하여 뒤따르는 부작용이나 위험에서 너와 가정을 구할 수 있다.

나는 감당하기 어려운 저축으로 불행을 초래한 사람들을 상담실에서 종종 보아왔다. 그들은 너무 가난에 쪼들렸던 탓으로 감당하기 어려운 금액을 무리하게 저축하고 있었다. 이들 부류는 그들이 더 많은 수입을 갖게 될 때야 비로소 불어난 재산에 기뻐할 것이고, 가난이란 핍박에서 해방되리라고 추측된다.

그러나 그들은 분명 목적을 이루지 못할 것이다. 때때로 너는 그들의 눈빛에서 자신감을 잃었다고 생각하지 않니? 참됨 기쁨은 재산이나 채권, 점점 불어나는 은행 잔고와 거래액에 있는 것이 아니다.

이런 사람들은 자신의 인간적인 손실을 슬퍼하지 않는다. 오직 그들의 슬픔이란 소득 증진에 따라 증가되는 금전에 대한 서글픔 뿐인 것이다. 이것은 가진 자가 더 많이 갖도록 이끄는 슬픈 진실이기도 하다.

자, 그러면 이제 우리의 귀에 익은 속담을 인용해 봄으로써 이 편지를 끝맺기로 하자.

'돈이란 모든 악의 근원이다.'란 말은 종종 잘못 인용되어지고 있다. 그러나 그 원문을 달리 읽을 수 있는 좋은 방법은 없을 것 같다. 그 대신 또다른 의미를 가지고 있음을 깨달을 수 있는데,

모든 잘못의 원천은 '지나친 돈에 대한 애착' 때문에 일어난다.

그러므로 가끔은 수입에만 집중된 네 시선을 다른 곳으로 잠시 움직여 보기 바란다. 그리고 지출이 적절하게 쓰여지고 있는가를 확인하여 보아라. 왜냐 하면 네 주머니에서 나가는 돈이 다시 네 주머니로 들어오는 것과 직접적인 관계가 있기 때문이다. 이것이 바로 생활의 법칙이란다.

하나님께서 모든 것을 최초로 창조하실 때도 이러한 빈틈 없는 원칙을 함께 만들어 주셨던 것이다. 또한 그분의 사랑은 모든 인간이 욕구를 충족시킬 수 있는 천지만물을 함께 창조해 주셨던 것이다.

네가 그분의 계율을 준수하고, 그에 의해서 살아갈 때, 그분은 너의 모든 욕구를 실행으로 옮겨주실 것이며, 아주 작은 일까지도 보상해 주실 것이다.

나는 네가 이 진실을 하루 빨리 깨닫게 되기를 바란다. 하나님의 성스러운 약속에 의해서 내려주신 네 임무를 소신껏 지켜나간다면, 결코 하나님께 헌납하는 것을 그냥 지나쳐 버리지는 않을 것이다.

– 늘 하늘을 우러러보기를 바라며, 아빠가

LETTER 5 결혼은 인생의 열쇠다

LETTER_18

남편에 대한 에티켓은 영원한 신혼을 약속한다

사랑하는 카렌아!

'네가 얻은 모든 것을 최대한으로 활용하여라. 그러나 얻을 수 없는 것을 위해서는 최소한의 노력만 하여라!'

이 말은 데비슨 할머니의 주옥 같은 말씀이다. 나는 그분을 '연인 슈가 크리크'라고 부른다. 이 낱말은 나의 첫번째 사목의 명칭이었다.

할머니께서는 자녀와 손주들을 27명이나 두고 사셨다. 일요일 저녁식사 때는 식탁이 있는 주방에서부터 응접실 구석까지 빽빽하게 둘러앉아 있는 식구들의 모습을 볼 수 있었다.

가끔 그 자리에 네 어머니와 내가 초대되곤 했었지. 그래서 나는 식사 기도를 위해 목청을 높여야만 했단다. 반면에 우리는 산더미 같은 닭튀김을 순식간에 먹어버리고는 할머니가 손수 만든 아이스크림을 후식으로 조르곤 했지. 그러면 내 배 속에서는 곧 전쟁이 일어나곤 했었다.

이 행복스러운 가족들은 바로 우리가 원하는 바를 지니고 있었던 것이다. 그들은 모두 자기들의 생활에 만족과 평화를 가지고 서로를 위해 활기차게 모여 살고 있었다.

그래서 나는 곧잘 주말이면 종종 할머니댁을 방문하곤 했지. 그러던 어느 날, 나는 할머니께 자녀들에 대한 가르침을 나에게도 좀 알려주십사 하고 부탁 드렸단다.

왜냐 하면 그분은 목사이고, 친구이기도 한 내가 곧 결혼을 할 것이라는 사실을 알고 계셨기 때문이다. 나에게는 그분의 말씀이 곧 성경이었으니까.

—늘 지혜를 갖고 남과 이야기하세요.

그분의 말씀 중에서도 내가 수없이 반복해서 들었던 이 소중 한 한마디를 너에게 꼭 전해 주고 싶다.

"네가 얻은 모든 것을 위해 최선을 다 하여라. 그러나 얻을 수 없는 것을 위해서는 최소한의 노력만 하여라."

그분의 자녀들이 맺고 있는 굳건한 결합에는 어떠한 사고도 없었음은 분명한 일이다. 왜냐 하면 그들은 모두 마음 속에 할머니의 말씀을 새겨두고 있었기 때문이지. 그래서 그들이 서로 나누는 애정의 표시를 많은 부부들은 그냥 지나쳐 버리는 것이었지만, 살펴보면 아주 소중한 내용들이었다.

그들은 자기들이 싫어하는 것을 멀리 할 줄 알았고,

즐거운 것을 기뻐할 줄 아는 착한 이웃이었다.

여기에 '사랑하는 사람'에게 베풀어야 하는 두 가지의 지혜로움이 있다.

하나는 여자가 꼭 귀담아 들어야 할 내용이고, 다른 하나는 너와 빈센트가 함께 활용할 수 있는 삶의 지혜이기도 하다.

첫째, 칭찬은 남편에게 하고 자랑은 하나님께 하되, 감사와 훌륭한 행동에 따른 만세는 함께 외쳐라.

이 편지들을 쓰기 전에 우리는 이런 훌륭한 말에 대해서는 별로 귀담아 듣지 않았었다. 다만 내가 너를 바른길로 이끌 때마다 이런 말의 참뜻을 확신할 수 있었기 때문이다.

이 한 가지 이유를 위해서 꾸준히 반복되어지는 인간들의 사고와 행위를 난 자주 보아왔고 의식하기도 했다.

내가 카운셀러로서 직무를 수행하자 많은 부인들이 찾아왔는데, 그녀들은 자신들의 철저한 간섭과 날카로운 힐책만이 남편을 성공하도록 내조하고 있다고 믿고 있는데는 놀라지 않을 수 없었다.

어떤 남자는 너무나 게을러 온 가족들의 생활에 역효과를 끼치게 만든다는 것이다. 그러나, 이런 사람들의 이야기를 이 편지에서 말하고자 하는데 의미가 있는 것은 아니다.

나는 오히려 직장에서 최선을 다해 일하고 있는 성실한 가장이 집에서는 여자가 요구하는 것을 만족시켜 주지 못하는 불행한 남편으로 전락하는 경우를 말하고자 한다.

여기서 내 관점을 설명해 주는 못난 남편들의 작은 변명이 있다. 사실 첫 번째의 내용은 내 자신의 경험에서 우러나온 것이었다.

내 학창시절의 어느 날, 고단한 생활 환경에 녹초가 되어버린 한 남자가 이런 비통한 고백을 하는 소리를 들었다.

"나는 골치거리를 갖고 있습니다. 그것은 말하기조차 너무 지긋지긋한 일입니다. 그러나 이야기를 해야겠어요. 아내라는 여자는 말할 것도 없이 항상 자기 입장만을 고집하는 겁니다. 그 아내의 입장이란 것이 아직도 이해가 되지 않거든요. 나는 너무 지쳐버려서 아내의 바가지로부터 아이들을 피신시키는 일조차도 이제는 포기해 버릴 정도랍니다."

두 번째의 내용은 내가 읽은 책에서 인용한 말이다.

독일의 시인 하이네는 죽기 전에 헤어진 아내와 재혼하기를 진심으로 원했다. 왜냐 하면 그의 죽음을 이 세상에서 가장 원망스러워 할 사람은 오직 아내라는 것을 깨달았기 때문이었던 것이다.

첫 번째의 인용구를 다시 한 번 읽고 슬퍼해 보아라! 또 두 번째의 내용을 읽고 웃어 보아라! 그러나 슬기롭지 못한 여자들이 남편의 생활 능력을 책망할 때 입가에 띠는 사악한 미소를 너 자신에게 허용시켜서는 절대로 안 된다.

만약 얼마쯤의 변화를 꼭 가져야 할 필요성을 느끼게 된다면, 그때는 두 사람이 함께 애정에 가득 찬 솔직한 대화에 의해서 지성적으로 처리해야 한다.

남편의 최선의 노력에 대해서는 칭찬어린 말로 표현하여라. 그리고 너의 모든 표현은 그를 격려하는 반려자로서의 사랑으로 감내하며, 그를 힐난하는 표현은 좋은 생활의 처방을 위해서라는 뜻을 알려주어라.

감사 기도와 적절한 사양은 네가 미처 생각해 보지 못했던 어떤 다른 이유를 위해서도 꼭 필요한 것이다. 가끔은 생활에 대한 무시무시한 생각이 모든 남자들의 머리 속을 스쳐가게 마련이다. 만약 그 남자가 결혼을 했다면 부양된 가족을 위해 최선을 다하지 못했을 때 깊은 회의해 빠져들 수 있다는 고통을 여성들은 깨달아야 한다.

그럴 때 이들 남성들은 과거 언젠가는 자유로운 몸이었는데, 지금은 아내를 위해서 또 아이들을 위해서, 그리고 피땀을 흘려서 번 돈을 착취해 가는, 가정에 필요로 하는 수많은 생활용품과 비용을 감당하지 않으면 안 되는 고된 나날이 멍에처럼 지워져 있다는 현실에 대한 슬픔이다.

이런 감정적 기분이 최악의 상태에 놓일 경우 남편은 아내를 특별한 기생충으로까지 여기게 되기에 이른다.

아내는 집안에서 재미있는 책을 읽으면서 앉아있거나 TV연속극을 보면서 여자 끼리 모여앉아 커피를 마시고 있는 동안 그 자신은 이런 모든 여건을 만들어 주기 위해서 사회의 치열한 경쟁 속에서 가혹한 노동을 요구당하는 일터에서 노예처럼 땀을 흘리고 있다는 사실에 스스로 절망한다는 고통을 알아야 한다.

다행히도 이런 생각은 순간적인 스쳐감에 불과한 것이며, 또 얼마동안은 생각을 한 자신이 다소 비인격적이었다는 사실을 스스로 깨닫는다.

제정신으로 돌아왔을 때는 자유분방한 인생을 위해서 아내와의 결혼을 청산해야겠다는 생각조차 못하게 되는 것이 보통의 남편들이다.

우리는 이 모든 것을 해소시키는 수단으로써 다정한 대화, 따뜻한 감사의 표시, 정겨운 행동 등에 관해서 얘기해 왔다. 그러나 아직도 네 마음 속에 명심해야 하는 또 하나의 안정제가 있음을 알아야 한다.

"월급이 어떻게 쓰여져야 하는가를 남편 스스로가 관심을 갖고 이야기하도록 유도하거라."

또 남편이 직접 쓰기를 좋아하는 가계부도 만들 수 있으며, 혹은 남편과 아내가 함께 가계부를 정리할 수도 있다. 만약에 남편이 낭비가 심한 사람이 아니라면—대개 많은 남자들은 낭비가 심하다—가계부를 맡겨보는 것도 좋은 방법이 될 것이다. 반면에 너는 어깨 너머로 사랑스러운 아양을 약간 떨면 된다.

특히, 너희들의 신혼 초기 몇 년 동안은 가계 재무에 관한 역할은 그의 자만심이 요구하는 쪽이 될 수도 있다.

만약 네가 그를 칭찬하고, 그 자신의 의견을 충분히 부추켜준다면, 어느 날 집에 돌아와서 네 아빠가 언젠가 그랬듯이 이렇게 말하게 될게다.

"여보, 이제부터는 가계부를 당신이 맡아서 해주겠소? 나는 내 스스로 해야 할 많은 중요한 일들이 있다오."

어떤 수학 전문가가 계산해 낸 수치인데, 보통 수준의 중산층 가정에서는 매월 1,158번이나 세일즈 선전 및 광고에 시달린다는 것이다.

그가 이 숫자를 어디에서 어떻게 산출해 낸 것인지는 나도 모른다. 그러나 이런 생각들은 우리가 잠시 하던 일을 멈추고 있을 때, 우리의 모든 추상적인 말들이 상품 판매를 위한 치열한 경쟁 속에서 이용되어진다는 것을 엿볼 수 있다.

라디오 다이얼을 돌려보아라. 신문을 펴 보아라. TV화면을 켜 보아라. 잡지를 들쳐 보아라.

힌두교의 신처럼 어느 곳 어디에서도 "자, 여기로! 자, 저기로…… 이것은 어떤가요. 이것들을 사시오."라는 고함소리가 끊임없이 들려온다.

"곧 서둘러야 합니다. 마지막 바겐세일을 놓치지 마시오."

"당신이 원하는 물건을 구입하려면 빨리 오셔야 합니다."

"우리 상표를 애용해 주시는 분은 바로 여러분들입니다."

"당신은 상쾌해지기를 원하세요? 그러면
우리 제품의 담배를 피우세요."

"엄마, 아빠, 언니, 오빠! 당신은 웰빙 방향제로 향기로워질 수 있습니다! 지금 곧 할인매장으로 오십시오."

"이 한 병을 위해 약간의 돈을 쓰십시오. 이것이
바로 당신을 해치는 고통에서 구해 줄 것입니다!"

이와 같은 선전 홍수로부터 아무런 피해도 받지 않는다면, 너는 현명하고 인내심 강한 주부의 자격을 갖추고 있다. 그러나 주의를 하지 않는다면 얌체족들은 끊임없이 유혹할 것이다. 그리고 네 마음 속에서 얻고 싶어하는 갈망을 매료시킬 것이다. 그들의 속임수는 마치 마약과 같은 것이란다.

이런 유혹에 빠져들기도 쉽지만 외면하기란 더 힘든 일이다. 그것들은 너의 마음을 확산시키기 위해 끊임없이 몰려 있다. 네 자신이 무엇이 되고자 하는 것은 그들이 너를 위해 만들어 줄 수 있는 것 만큼이나 가능하지 않음을 뜻하는 말이다.

옛날의 복음 전도사들이 애용하던 말로, 그들은 너를

유혹하여 새로운 커튼과 카페트, 새 자동차, 혹은 새로운 상품들을 보여주며 소름 끼치는 애걸과 함께 시선을 끌게 한다.

그들은 상품을 살 수 있도록 너에게 높은 이자돈까지도 빌려 줄 것이다. 이렇듯 그들은 마술사와 같다.

여기에 내가 할 수 있는 말보다 훨씬 의미가 있는 작가 미상의 시 한 구절을 인용해 충고의 말로 삼고자 한다.

은행이 융자를 꺼린다면
해줄 때가지 견디어라.
그들을 위해 좋은 일이 아니라면
너를 위해서도 좋은 기회가 아니다.

너는 이처럼 어리석은 사람들을 만나게 된다. 그들은 신경을 곤두세운 채 상품에 대해 너무나 요란스럽게 갈망하는 사람들이다.

또한 이에 만족하지 않고 새로운 것들을 기대하고 또다른 물건에 탐욕을 부려 필요 없는 것에까지 애착을 느낀 나머지 인생의 참된 가치를 그들의 손아귀에서 잃어버린다. 마침내는 상품의 노예가 되어 무절제의 고통을 맛보게 된다.

그러므로 너 자신에게 필요한 것만 원하거라! 너의 순간적인 만족감을 이용해서 이것저것 "사세요.

사세요!"라고 하는 유혹에 자신을 내맡기지 말아라.

네가 얻은 모든 지식을 최대한으로 활용하거라. 그리하여 필요 없는 것에는 최소한의 노력만 하여라!

– 긍정과 부정을 분명히 하기를 바라며, 아빠가

LETTER_19

여성, 지금 어디로 가고 있는가

사랑하는 딸 카렌에게!

옛날 영국 속담에 이런 말이 있다.

'현모양처와 악처와의 사이에는 하루 한 시간이란 차이가 있을 뿐이다.'

내 평생 직업은 가사일이 아니기 때문에 이 편지에서 의미심장하게 할 말이 별로 없다. 그러나 나는 교회일과 상담을 통해 많은 가정을 방문해 왔고 겸손하게 말해야 할 몇 가지 일을 관찰하게 되었다. 이런 분야에 내가 확신하고 있는 참된 뜻을 펴봐야겠다고 의식하면서 말이다.

첫째, 내가 지금까지 보아온 훌륭한 주부들은 대체로 체계적인 사고를 갖고 있는 것 같았다.

나는 교회에서 일하는 직원들에게 이런 말을 자주 한다. 화요일에는 각 구역회의를 위해서, 월요일 오후에는 회의실을 청소해야 하고, 특히 일요일 예배를 위한 만반의 준비는 토요일에 성전을 말끔히 정돈하도록 명심시키는 일이다. 어쩌면 이 영국 속담도 방식의 중대함을 자극시킨다는 것에 그 의미를 담고 있는 것 같다.

둘째로 내가 보아온 현모양처들은 가정에 대단한 자부심을 갖고 있더구나.

여기에는 두 가지의 극단적인 면이 있긴 하지만, 그런 상태라면 중간쯤이 좋을 것이다. 또 어떤 부인들은 방이 세 개가 달린 아파트를 깨끗하게 유지시키는데 전심전력을 다 하고 있었다. 이렇듯 모든 여성의 병폐적인 면은 큰 집에 거주함으로써 그 후유증으로 생기는 것이 아니라는 점이다.

우리가 전에도 이야기했듯이 대다수의 남자들은 이것저것 잔소리로 안달복달하는 여자들에게서 더 많은 스트레스를 받는다는 사실을 거듭 말해 둔다. 이밖에도 온전한 결혼이 완벽주의에 집착해 있는 아내로 하여 파멸에 이르는 경우도 더러 보아왔다.

'모든 물건은 제자리에 있어야 한다'는 말을 뒤집어보면 여자들이라고 해서 더 나을 것이 없다.

얼마 전에 한 가정을 방문하게 되었는데, 그 집안에는 우리가 거들어 주어야 할 일들이 산더미같이 쌓여 있었다. 다림질을 기다리는 옷가지들, 잡지 뭉치들, 야구공과 글러브, 골프채, 스케이트, 의자와 소파 밑에 있는 잉꼬 새장에 이르기까지 모두 치워준 다음에야 비로소 앉을 수가 있었단다.

소년시절을 시골에서 자란 나는 집안 구석구석에 곡식을 쌓아두는 것을 보아왔다. 먼지가 산더미 같았었지.

이처럼 잡다한 일들과 뒤섞여 생활하는 것이 보통의 가사일이며, 이런 일들이 생활이라고 생각해 보면 알맞는 답이 아니겠니?

자만심을 가져라. 그러나 너무 지나쳐서는 안 된다! 일상적인 생활, 그것을 소홀히 해서도 안 된다.

셋째, 내가 보아온 활동적인 주부는 일거리들을 뭔가 재미있는 것으로 만드는 요령을 알고 있더구나.

아마도 '즐거움'이란 단어는 재미라는 말뜻보다 훨씬 좋은 말일 수 있다. 대다수의 남자들은 가사를 돌보는데 얼마나 많은 노력과 시간들이 기다리고 있는지를 모르고 있단다. 간혹 주부에게 잠시나마 무슨 일이 생겼을 때야 비로소 알게 되지.

그러나 남자들에게는 아내가 대리해야 할 직장일이 생기지는 않는다. 즉, 마룻바닥에 왁스를 칠하는 일, 냄비를 닦는 일, 시트를 바꾸는 일, 가구에 윤기를 내는 일, 기저귀를 빠는 일, 타올을 접어두는 일, 그리고 잇달아 이어지는 끝없는 일의 순서가 기다리고 있다.

내 개인적인 입장은 하나님께서 남자로 이 세상에 보내주신 뜻을 얼마나 감사하게 생각하는지 모른다. 그러나 다행스럽게도 여자들은 가사일을 아주 좋아하는 것 같고, 그 일에 즐거움을 느끼며 삶의 보람으로 받아들이고 있는 것처럼 보여지기도 한다.

내가 너에게 말했듯이 가사일은 내 전문 분야가 아니기 때문에 빨리 이 편지를 끝내는 것이 좋을 것 같다. 그러나 이 글을 끝내기 전에 내가 가장 좋아하는 금언 하나를 적어 주겠다. 나는 지금도 이 말을 내 책상 위에 깔아 놓은 유리판 밑에 끼워 두고 있단다.

'이 세상에서 산 흔적은 바쁜 발걸음이 만들어준다.'

– 가사일에서 행복을 느끼길 빌며, 아빠가

LETTER_20

외롭지만 행복한 순간은 인생을 성장시킨다

사랑하는 딸 카렌에게!

요리에 관한 지식이라면, 내가 누구로부터인가 분명 도움을 받아야 된다는 사실을 솔직하게 고백하고 있음을 너는 알고 있으리라.

그러나 오븐이나 레인지 같은 취사도구 앞에서 아마추어로서의 실력이 문제시된 적은 결코 없었음을 인정할 거다.

네 어머니가 새로 태어나는 동생을 해산하러 병원에 갈 때마다 나는 부엌일에 최선을 다하곤 했었다. 하지만 내 노력은 서글프게도 만족스럽지 못했다. 지금도 너희들이 이구동성으로 외치던 소리가 들려오는 것 같다.

"아빠! 제발 오늘밤에는 밖에서 햄버거를 사 주실 수 없나요?"

하고 합창이나 하듯이 외쳐댔지.

우리는 한 지붕 아래서 너희 오빠처럼 요리에

관해서는 아는 것이라곤 전혀 없는 사람과 요리에 관해서 만큼은 여왕처럼 숭고한 전문가와 함께 살고 있으니, 나는 늘 후자에게 도움을 요청하곤 했지.

그러던 어느 날 네 엄마는 내가 평소에 생각하고 있었던 아주 멋진 일을 실천해 주었단다.

여기에 향기로운 냄새와 가장 맛있는 식사를 위해서 네 엄마가 제시한 알파벳식 기초 요리법을 소개해 보겠다. 몇 군데는 내가 보충 설명을 덧붙였다.

'A'는 매혹적인 식탁을 뜻한다.

음식에 있어서도 아름다운 빛깔의 조화에 신경을 써야 한다. 조심스럽게 함께 놓여진 노랑과 초록, 그리고 빨강과 갈색은 너의 식사를 매력적인 것으로 만들 수 있다.

'B'는 식사 중에 하는 감사 기도

내가 식사 중이라고 말한 것에 유의해야 한다. 왜냐 하면 아버지가 어렸을 적에는 모두 함께 감사 기도를 끝내기 전에는 아무도 감히 음식에 손을 댈 엄두를 내지 못했다.

너도 알다시피 막 끓여낸 보글거리는 여러 가지 뜨거운 음식들은 이런 엄격한 규율이라면 맛을 망쳐 버리기가 쉽다. 그래서 우리는 식사 중이나 식사 후에 감사 기도를 해 왔단다. 나 역시 가정을 가진 후 이런 식의 감사 기도를 좋아하고, 또한 주님께서도 우리 집에서 만든 이 방법을 찬성할 것 같은 느낌마저 가지고 있단다.

'C'는 예산에 맞추어서 요리를 만든다.

학교를 다녀야 했던 우리는 손쉬운 마카로니를 만들 수 있는 조리법을 배웠단다. 쇼핑은 광고를 훑어보고 특별한 것을 찾아내거나, 주말의 바겐세일을 노린다면 유쾌한 오락을 겸할 수 있다는 잇점도 알아두기 바란다. 이런 일에 좀더 신경을 쓴다면 좋은 음식을 장만할 기회가 만들어진다는 증거다.

'D'는 남편이 아침 식사를 손수 만들도록 못하게 한다.

특히 갓 결혼한 신부나 아기가 있는 엄마들은 남편이 달콤한 분위기를 유지할 수 있도록 일찍 일어나는 습관에 익숙해져 있어야 한다.

'E'는 가끔 촛불 식사를 한다.

너는 브룩스 일가가 얼마나 행복한 분위기를 유지하고 있는지를 아니? 그들은 촛불 식사가 그 집안의 정규적인 행사라고 말하더구나. 남편 짐은 양복과 타이로 정장을 하고, 아내 죠안은 우아한 야회복으로 갈아입고는 아름다운 음악과 촛불이 있는 식탁에 마주 앉는다. 아이들은 다른 집에 맡겨 놓고서 말이다. 이렇듯 그들 부부는 촛불 식사가 그 집에서 가장 중요한 일과 중의 하나라고 늘 자랑하고 있다.

'F'는 기념축제일을 말한다.

우리는 매달 29일을 특별한 날로 정하고 있다. 왜냐 하면 결혼한 날이 바로 5월 29일이기 때문이다. 아마 너도 기억하고 있을 거다. 나는 벌써 다음 축제일을 생각만 해도 즐겁다.

'G'는 가끔 함께 외출하는 일이다.

너는 앞으로 얼마든지 편안하게 살 수 있는 시간이 영원히 있을 것이라고 생각할지 모르지만, 이것은 신기루에 불과할 뿐이다. 내일도 오늘과 같이 바쁘게 될 터이니 말이다. 그러므로 둘만의 달콤한 시간을 위해 예산의 일부를 할애하거라.

'H'는 식사 시간을 정확히 맞추는 일이다.

여기저기 돌아다니는 것은 여자들만이 누릴 수 있는 즐거움 중의 하나라는 사실이다. 그러나 너는 식사 준비를 해야 하는 시간에 외출 준비를 해서는 절대로 안 된다.

'I'는 주님이 주신 선물 창작력을 의미한다.

이것은 한 유명한 동양인 목사가 그의 설교 가운데서 언급한 '남겨진 음식으로 새로운 맛을 내기'에 해당되는 말로 좋은 의미를 갖고 있다.

'J'는 항상 즐겁게 생각하고 행동하도록 애쓰는 일이다.

나는 가정경제학 시간에 음식물의 소화는 식탁에서의 자세와 몸가짐에 매우 밀접하게 관련되어 있다고 배웠다.

한편 정신과 의사 친구들 중에 한 사람은 소화불량이나

위궤양은 음식 자체보다는 식사를 하는 분위기 때문에 더 많이 생길 수 있다고 하더구나. 이 주장을 증명하기 위해서 다음과 같은 말들을 지적하고 있었다.

"나는 배가 터지도록 먹었다."

"당신은 내가 저것을 먹어치우기를 바라진 않겠지!"

"나는 그 남자가 견딜 수 없이 역겨워요."

등등의 불만이 가득 찬 소리 말이다.

'K'는 식사하기 전에 키스를 하는 일이다.

나는 네가 이러한 행동을 공개 석상에서도 아무 부담없이 행하는 한 남자를 알고 있으리라 생각한다. 만약 네가 온 세상을 내려다볼 궁전을 가지고 있는 여왕처럼 느껴지는 순간이 있다면, 바로 이때가 그 순간이다. 그리고 집에서도 가슴이 두근거리는 작은 특별한 기쁨을 느낄 수 있는 순간이기도 하다.

'L'은 여유있게 식사를 한다.

언젠가 내가 다른 지방에서 설교해야 할 일이 있어 부득이 하룻밤을 묵어야 하는 여행길에 너를 데려간 적이 있었지. 그때 나는 결코 잊을 수 없는 한 가지 교훈을 얻어가지고 돌아왔단다. 아마 그때 너는 열 살이나 열한 살쯤 되었을 거다.

수십 마일을 여행하면서 캔자스의 한 작은 마을에 있는 '세상에서 가장 깊은 샘물'이라는 안내 표지판을 여러 번 보면서도 설교 시간에 맞추느라고 그 샘터가 있는 곳을 들릴 수가 없었지.

카렌아! 그때 너는 얼마동안을 잠잠히 있다가 이렇게 말한 것을 난 기억하고 있다.

"아빠, 정말 유감스러워요. 아빠가 너무 서두르셔서 멋진 구경거리를 놓쳤잖아요!"

바로 그 자리에서 나는 두 번 다시 서두르지 않는 마음을 갖기로 결심했단다. 그리고 너는 우리 모두에게 그 한마디의 말로 커다란 선물을 준 것이다.

'M'은 식사예법을 가르치는 일이다.

"고맙습니다."

"아니 괜찮아요. 사양하겠어요."

"죄송합니다."

이와 같은 인사말은 모든 사람들에게 식사를 한층 더 맛있게 해주는 조미료와 같은 감각이 깃들어 있단다. 이런 말들은 너의 생활 속에 이미 배어있을 것이라고 믿는다.

'N'은 영양이 풍부한 음식을 말한다.

식구들의 건강을 위해서는 충분한 영양이 고르게 함유된 균형 있는 식사를 준비하도록 늘 노력하지 않으면 안 된다.

'O'는 네 남편이 좋아하는 음식을 자주 마련해 주는 일이다.

그가 무슨 음식을 어떻게 좋아하는지를 미리 알아두고

자주 마련해 주는 것은 또다른 즐거움을 가져다 준다.

'P'는 무슨 일이든지 미리 계획을 세워두는 일이다.

그렇게 하면 시간뿐만 아니라, 노력도 절약할 수 있으며, 안달하고 애태우며 야단 법석을 부리는 일도 적어지고, 거기에 소요되는 두통이나 돈도 절약할 수 있다.

'Q'는 항상 요리책과 친근하게 지내는 일이다.

세상에는 너보다 요리에 관해서 더 많은 것을 알고 있는 사람들이 있어서 필요할 때마다 도움을 받는다는 고마움을 주님께 감사해야 한다.

'R'은 아주 사소한 일이라도 기억해 두는 습관을 갖는다.

내프킨과 온갖 주방용구들, 양쪽 식탁 끝에 놓여진 맛소금과 후추가루, 여러 가지의 조미료와 양념들, 그리고 예쁜 꽃병에 꽂힌 꽃들은 어떤 경우에 있어서도 멋진 물건이다.

'S'는 다른 사람들과 함께 음식을 나누어 먹는다.

이따금 남편으로 하여금 그의 친구들을 집으로 데려오게 해보아라. 아이들도 자기 친구들을 초대할 수 있도록 배려해 준다면 엄마를 더욱 사랑하게 될 것이다.

남편이나 아이들이 어떤 일로 하여 약속된 시간이 지체되고 늦어질 때는 반드시 전화로 그 사실을 미리 알려주도록 훈련을 시켜두어야 한다.

내 친구들 가운데 한 부인은 자기 남편의 직장 상사가 읍내에 와 있다는 소문을 듣고는 무능한 남편을 구제시켜보겠다고 늘 염려하고 있던 중에 바로 오늘이 좋은 기회라고 생각하고는 서둘러 음식을 장만했다.

친구의 부인은 부랴부랴 빵과 볼로냐 소시지를 만들고 오리고기와 상치를 준비하는 등 토마토와 겨자, 그리고 피클을 곁들인 훌륭한 식사를 정성껏 마련했단다. 그 다음에 무슨 일이 일어났는지 짐작할 수 있겠지.

친구의 집에 초대된 귀한 손님은 그의 부하 직원의 아내가 마련한 식사가 일주일 동안 먹어본 것들 중에서 가장 훌륭한 음식이었다고 칭찬했단다.

'T'는 텔레비전을 꺼버리는 일이다.

라디오나 신문도 이 사항에 해당된다.

너도 알다시피 우리 집에서는 식사하는 동안 텔레비전을 보려면 가족 전원의 만장일치가 있어야만 가능한 일이지 않니?

피터와 내가 좋아하는 베어스 팀이 결승전을 갖는 날이었지.

그런데 누군가가 반대 의사를 표시하는 바람에 피터와 나는 볼 수 없었다. 그 완강한 반대자가 누구였는지는 기억이 나지 않는구나. 이것 또한 주님이 그분의 자녀들을 위해 베풀어 주신 멋진 일이라고 나는 늘 생각하고 있다. 시간이 지나감에 따라 주님께서는 누가 누구에게 무엇을 했었던가에 관한 우리의 기억을 희미하도록 잊게 해주시는 망각을 주셨다.

'U'는 예기치 않았던 놀라움을 말한다.

옛 사람들을 다음과 같은 멋진 글귀로 묘사하고 있다.

'그녀는 항상 사람들에게 모든 것을 열어놓고 있다.'

성스럽고 순수함이 가득 찬 놀라움을 위해 동쪽 창문을, 남편의 입맛을 자극할 수 있는 초특급 메뉴와 멋진 휴식, 또는 친구로부터 배운 새로운 요리법은 예기치 않은 놀라움을 보여준다는 사실을 염두에 두기 바란다.

'V'는 다양성을 말한다.

우리는 여러 차례에 걸쳐 이야기했지만, 틀에 박히기 쉬운 지루함에서 벗어나 새로운 것을 시도해 보는 즐거움은 모두를 위해서 변화를 줄 수 있다는데 더 큰 의미가 있다.

'Y'는 퇴근하는 남편을 따뜻하게 맞이 하는 일이다.

그가 집에 돌아왔을 때, 또는 식탁에 앉아있을 때, 어떤 고통을 갖고 있을 때, 그가 사랑을 원할 때도 모두 해당되는 말이다.

'X'는 도움을 의미한다.

어떤 사람에게는 많은 도움이 필요하지만, 그렇지 않은 사람도 있다. 하지만 그 누구도 인색함을 좋아하지 않는다.

아주 사랑스런 시 한 편이 떠오른다. 이것은 표면적인 도움보다는 그 깊이에 뜻이 있다. 너도 한 번쯤 음미해 봄이 좋을 것이다.

한 여자 친구의 허리 둘레는 42인치
그녀는 늘 서둘러 식사를 하지요.
그래서 이러한 사실을 알게 되었어요.
성급함은 허리를 굵게 한다는 사실을!

'Y'는 네 자신의 외모에 관한 것이다.

늘 몸치장을 청결하게 하여라. 너의 예쁜 얼굴을 최대한으로 돋보이도록 하는 화장술은 네 남편의 시선을 끄는 아주 가치가 있는 일이다.

'Z'는 열의와 열정을 갖는 일이다.

나의 친한 친구들 중의 한 사람은 다음과 같은 말을 곧잘 인용하곤 했다.

"따뜻한 식사를 냉담하고 무표정한 요리사 때문에 망치기 쉽다."

무엇보다도 너는 부엌생활을 즐기는 요령을 터득하고, 너의 영혼으로부터 우러나오는 사랑으로 그곳을 채우도록 해보아라.

그리하여 너의 그 사람을 열심히 사랑하고 항상 보이지 않는 뒤쪽에서 내조하는 힘이 아내의 보람이며 책임이라는 사실을 알아야 한다.

먼 남쪽 지방을 지나온 최근의 여행길에서 우리는 켄터키에 있는 한 작은 카페에 들린 적이 있었지. 그 카페의 출입문 위에는 다음과 같은 작은 글귀가 쓰여져 있었다.

'여러분을 위한 훌륭한 솜씨가 여기에!'

이것이 바로 가정 주부들의 최종 목표가 아니겠니?

– 부디 향기로운 결혼생활이 되길 빌면서, 아빠로부터

LETTER_21

나를 상대에 맞추어라

내 사랑하는 딸 카렌에게.

얼마 전에 나는 어느 집을 방문할 기회가 있었다. 그 집에는 행복을 비는 사람의 모습을 레이스 바늘로 손수 뜬 훌륭한 작품이 한 폭 다정하게 걸려 있었다.

그것은 아주 고풍스러운 액자 속에 들어 있었고, 그 섬세하게 짜여진 레이스 속의 문구는 다음과 같았다.

'주님의 하늘에서 늘 아름다운 일들을 볼 수
있게 적당한 만큼의 구름을 주소서.'

아주 멋진 착상이라고 생각되지 않니? 그렇지만 내가 이 별스러운 집을 방문하게 되었던 이유는 삶의 먹구름이 그 집을 막 내리덮고 있었기 때문이다. 아름다운 일몰에 대한 기대는 산산조각이나 버렸고, 오히려 파멸의 파편들이 엄습하고 하늘조차 어두워져 있었다. 그 집은 슬픔과

분노로 차 생활이 바닥이 드러날 정도로 지쳐 있었다.

그 레이스 작품 속에 있는 아름다운 생각보다는 뻔뻔스러운 사실들이 드러나 있었다. 내가 그 액자를 다시 한번 올려다보았을 때 방을 가로 질러가서 그 레이스 금언을 벽쪽으로 돌려놓고 싶은 강렬한 충동마저 느꼈단다.

그러나 나는 그 자리에 멈추어 섰다. 문득 태양이 다시 떠오르기를 바라고 있다는 내 자신을 발견했기 때문이다. 그렇게 되면 그 문구는 새로운 의미를 가지게 될 것이고, 우리의 느낌은 다시 아름다운 구름으로 피어날 테니까 말이다. 이러한 염원의 마음이 비탄에 빠져 있고 상처 입은 영혼이 그 깊은 구렁텅이로부터 구원 받게 할 수 있다는 강렬한 열망에 사로잡혔다.

다른 부모들처럼 우리도 너와 빈센트가 즐겁고 평화로운 생활을 영유하길 바라고 있단다. 어느 무명 시인이 우리의 이와 같은 기도를 그의 정감있는 시구로 잘 묘사하고 있다.

비둘기의 노랫소리가
당신들의 사랑 속에서 들려지기를 기원하며
작은 새들의 아름다운 울음을 지저귀게 하소서.

그러나 인생이란 우리가 바라는 것처럼 쉽게 이루어지는

것이 아니라는 현실에 슬픔이 있다. 어떤 형태이든 고생은 대부분의 사람들에게 생활의 일부다.

행운의 신이 베푸는 도움으로 안전한 인생길을 가는 것처럼 보이는 사람들도 간혹 있지만, 평범한 사람들에게는 근심과 질병, 손실과 비애, 그리고 죽음과 절망에 빠지는 일이 이어지게 마련이다.

그렇다면 생활의 어려운 역경에 놓이게 될 때 너는 어떻게 하겠니? 여기 그런 경우를 위해 기억해 둘만한 몇 가지 예방법이 있다. 이것을 '역경을 이겨내는 비법 ABC'라고 하자.

〔A〕 너의 가정이 어려운 곤경에 놓여졌을 때 확고한 해답은 그 가혹하고 골치 아픈 일을 피하려 들지 말고 엄연한 현실로 침착하게 받아들이는 자세가 필요하다.

내가 너를 걱정시키고 불안감을 주는 이야기를 하는 것이 아니라, 삶의 부조화를 미리 알아둠으로써 그것에 대응하는 힘과 능력을 길러주고 싶은 노파심에서 우러나온 말임을 명심하기 바란다.

마치 자신들의 사랑만은 결코 불행과 폭풍이 몰아치는 날씨에서 제외될 것이라는 그릇된 상상 속에서 맹목적으로 살아가는 많은 부부들이 작은 난관에도 당황하는 모습을 자주 보아왔다. 그들은 결혼 서약서가 마치 편안한 미래 생활에 대한 완벽한 보증이라도 된다는 듯이 잘못 생각하고 있다는데 놀라지 않을 수 없었다.

너는 마음과 행동이 일치하도록 가정을 꾸미는

일에 대해서 성숙한 태도를 취해 오고 있으므로 어느 누구보다도 마음 든든하게 생각하고 있단다.

"우리는 가슴 가득히 행복한 결혼을 원하고 있어요. 하지만 함께 역경을 헤쳐 나가지 않고는 약속된 땅에 닿을 수 없다는 것을 알고 있어요."

(B) 어려운 시기에 도움이 될 두 번째 방법은 모든 일에 순응할 줄 아는 긍정적인 자세이다. 하나님은 자기 자신을 믿는 자들에게 고난으로부터의 해방을 약속하시지 않았다는 사실이다.

하나님은 비바람 속에 천둥이 치거나 번쩍일 때 우리 곁에서 함께 계실 것을 분명히 약속하셨다. 이 아빠는 네가 이 세상을 살아가는 동안 종교적 신념의 가치를 알고 있다는 것을 매우 기쁘게 생각하고 있단다. 이제, 우리는 종교적 신념에 대해 충분한 이야기를 한 후에 편지의 끝을 맺도록 하자.

오늘날의 현대인들에게는 어떤 일이 닥쳐오던지간에 주님과 함께 생활하며 그 믿음의 울 안에서 자신을 온전히 맡기는 신앙에 대한 적극적인 이해가 필요하다. 종교에 대한 그들의 생각은 그저 일요일마다 교회에 나가는 정도로 위안을 받고 있는데 만족하고 있다. 그들이 예배 장소를 떠날 때의 모습이란 마치 하나님께 한 손을 흔들면서 이렇게 말하는 것 같았다.

"주님! 다음 주일에 또 만나요! 같은

시간, 같은 장소에서 말이에요."

최근에 정신과 의사 한 분이 고통 받고 있는 환자 한 사람을 나에게 보내왔다. 그 친구가 환자를 위해 전화를 걸어왔을 때, 그는 다음과 같은 재미있는 말을 들려주었다.

"내 생각으로는 그의 정신적 문제의 대부분을 해결할 것 같은 기분이 드네. 그는 교회에 열심히 다니는 사람이니까. 자네가 꼭 그를 도울 수 있다는 생각에서 이런 부탁을 하는 걸세. 그가 지금 필요로 하고 있는 것은 18인치 높이의 강단 아래서 그 대답을 찾을 수 있도록 도와줄 목사님이 필요하다네. 그는 그 대답을 머리 속에 가지고 있지. 이젠 그의 마음도 그런 대답을 필요로 하고 있다네."

다행히도 너와는 상관 없는 문제이다. 이미 네 마음의 심지는 하나님이라는 영원한 기름에 깊숙이 드리워져 있으니 말이다. 또한 오랫동안 하나님과 가까이 있었으니까 어떻게 기도하는 지를 잘 알고 있지 않니?

또한 고난이란 아픔을 주님이 너에게만 준 것이 아니라는 사실을 이해하겠지. 오히려 주님께서 고난의 어려움을 겪도록 시험하시는 것은 너를 더 높은 차원으로 인도하기 위한 뜻이 있음을 깨달아야 한다.

이렇듯 고난을 통해서 하나님과의 영혼한 대화가 이루어짐을 알고 있다면 신앙으로 대처해 나가야 한다.

(C) 세 번째의 요소들은 네 스스로가 결혼생활에 따르는 많은 내력들을 다시 검토할 때 확대되어 나타난다.

이 불안전한 요소들은 너희들에게도 찾아올 수 있는 예기치 않은 고통으로 두 사람의 결합을 분리시키기 보다는 오히려 더 결속시켜 주는 지혜로 이용할 수 있다고 결심할 때 커다란 의미를 가지게 된다.

우리가 콜로라도에서 살던 시절, 바로 이웃의 우악스럽고 늙은 목부가 나에게 들려주던 재미있는 이야기가 이를 설명해 주는 내용이라고 생각된다. 그의 말에 의하면 사나운 들개들이 습격해 오거나 이리떼가 나타났을 때 야생마와 당나귀 사이에는 매우 중요한 차이점이 있다는 것이다.

이러한 사납고 악착같은 적군의 공격을 받으면 야생마들은 머리를 한가운데로 빈틈없이 밀어넣고 꼬리는 바람이 불어오는 쪽으로 향하여 적을 걷어차기 위해 맹렬히 돌진한다는 것이다. 그의 말을 그대로 믿는다면 반대로 야생 당나귀들은 머리를 적쪽으로 향하고 꼬리는 안쪽으로 돌려서 서로가 서로를 차는 꼴이 된다는 이야기였다.

그가 장난을 좋아해서 나를 놀리려고 그런 말을 했는지 잘 모르겠다. 하지만 그의 이야기는 정말 의미있는 말이라고 생각되어지지 않니?

결혼한 사람들을 위해서 좋은 교훈이 될 것이다. 나의 사무실에 찾아오는 많은 부부들이 내가 보기에는 야생 당나귀를 연상시키기 때문이다. 그들은 상대방을, 또는 자기 자신을, 혹은 그들의 결혼 생활을 험담하러 오는 것이 대부분이었다.

어떻든 이런 모습은 좋은 이야기라고는 할 수 없다. 이러한 남편과 아내들은 '역경을 이겨내는 기초법 ABC'를 터득하지 못한데서 오는 불협화음이다. 그러므로 역경을 이겨내야 하는 부부들에게 훌륭한 신조가 될 수 있는 말이 여기 있다.

"인생이 왜 이처럼 어려운지 그 누구도 모른답니다. 그러나 이것만은 알지요. 무슨 일이 생기는 사건이 중요한 것이 아니라, 그런 일이 생길 때 우리가 어떻게 이겨내야 하는 용기가 더 중요함을 깨달아야 합니다. 언젠가 태양은 다시 떠오를 것이며, 우리는 더 나은, 보다 더 훌륭한 사람으로 변모하게 될 것입니다. 주님은 결코 멀리 계시지 않습니다. 세상의 어떤 것과도 서로 함께 있다는 것은, 또한 주님과 함께 있듯이 갈라놓을 수는 없는 것이랍니다."

– 항상 용기를 잃지 않도록 빌면서, 아빠가

LETTER_22

늘 사랑을 나누어 가지거라

P

내 사랑하는 딸 카렌에게!

가장 지고하고 진실된 사랑은 별처럼 빛나는 맑은 눈빛으로 서로를 응시하는 아름다움이 아니다. 지난 번 편지에서 우리는 올바른 방법으로 자기의 내면을 바라보는 지혜에 대해 이야기했다. 그러므로 서로를 마주 하고 다정하게 눈빛을 나누는 것이 결혼의 목적은 아니다.

이제, 네 가정을 꾸미는 일상의 창문이 밖을 내다볼 수 있도록 깨끗하게 유지하는 삶의 지혜에 대해 의견을 나누어 보자.

최근에 정신과 의사인 한 친구가 정신 건강에 관한 흥미있는 논문을 제출했다는 이야기를 들었다. 그가 계속 반복해서 말하는 한 가지 요점이 있었다. 그는 자기 환자들에게 다음과 같이 충고했다고 말하더구나.

"당신은 자신의 내부에 깃들어 있는 이기심에 창문을

만들어야만 합니다. 그렇게 해서 태양빛이 안으로 비추어 들게 하고, 당신의 눈이 밖을 내다볼 수 있도록 하지 않으면 안 됩니다. 그 창문을 통해 아이들이 노는 모습을 바라보시기 바랍니다. 또 이웃이 정원을 가꾸는 풍요로움을 눈여겨 보시오. 거리를 지나 다니는 사람들에게도 다정한 시선을 보내시기 바랍니다. 통행하는 차들의 수를 세어보시오. 이렇게 하면 훌륭한 치료가 될 것입니다. 당신은 너무나 오랫동안 이 세상에는 자신 외에도 많은 사람들이 살고 있다는 사실을 잊고 있었으니까요."

이 정신과 의사는 카운셀러들이 안고 있는 주요한 문제점 한 가지를 언급하고 있었다. 우리가 앞에서 말했듯이 어떤 부부들은 상대방을 똑바로 바라보지 않는다는데 문제가 있으며, 반면에 가장 필요로 하는 자신의 내부를 살펴보는 사고력이 부족하다는 것이다. 그렇지만, 의사가 말하고 있듯이 그들의 치료법은 바깥쪽을 바라보는 눈의 판단력에 의해 좌우된다는 것이다.

여기에 활용되는 몇 가지의 예가 있다.

첫째, 가까운 친구부터 시작해 보자.

너와 빈센트가 '가장 좋은 친구'가 됨은 훌륭한 일이다. 처음엔 아늑하고 작은 것부터 시작했으나, 그것을 넘어서서 더 발전하지 못하고 '나와 그대'라는 조화를 이루지 못한 채, 곧장 결혼생활로 뭉쳐진 부부를 보아왔다.

나는 네가 서두르지 않고 새로운 환경 속으로 조화있게 적응해 가는 방법을 배우기 바란다. 또한 너의 모습이 생활을 통해 무질서하게 보여서는 안 된다. 그렇게 되면 너의 마음 속에 간직하고 있는 따스한 온정을 친구들에게 나누어 줄 수 없는 아픔만 맛보게 된다.

빗장으로 잠겨진 문을 가지고 있는 이기적인 가정이라면 서로의 거래만을 위한 요양소에 불과하다.

그러므로 진실한 친구를 만들고 너와 함께 사랑을 나누어 가지거라. 왜냐 하면, 바로 그것이 사랑이 네게 주어진 큰 이유이기 때문이다. 어떤 형태이든 이기심은 죄악이며, 하나님이 너에게 주신 사랑을 성취하지 않는 한, 그것은 축복이라기보다는 세상이 지닌 악의 일부가 된다.

우리는 좋은 친구를 선택하리라는 믿음을 너의 지나온 생활을 통해서 잘 알고 있다. 이렇듯 명랑한 결혼생활을 영위해 감으로써 우정에 대한 통찰력이 넓어지게 되고, 또 웃음을 가져오게 되는 기쁨도 맛보게 된단다. 진실한 우정을 나누고 있는 친구는 마치 그늘을 찾아 쉴 수 있는 나무와 같은 존재이다.

때로 친구의 시들해진 우정을 재빨리 눈치채지 못한다면, 너의 성스러운 감정이 점점 메마르게 되어, 결국은 위험한 우정으로 변질될 수 있다는 점을 유의하거라.

이러한 결핍된 우정은 '남하듯이 한다'는 식의 사람들에게서 자주 찾아볼 수 있는 현상이다. 그들을 방관하거나 무심히 지나쳐버리면 너를 시대의 도덕적 결함자로 끌어내리는 사람들이다.

모든 일이 무책임하게 행해지는 장소에 도덕성이 결여된 사람들과 함께 있으면, 누군가가 앞장 서서 뭔가 다르게 바꿔 볼 용기를 갖기도 전에 끝나버리는 경우가 허다하다.

너는 결코 잘난 척하는 아이가 아니었다. 그래서 나는 너희들 두 사람이 함께 경애심을 뽐내는 경망스런 사람이 되지 않으리라 믿는다. 그러나 수줍은 척하는 것과 내면의 신념에서 우러나온 선량함 사이에는 큰 차이가 있다.

부부의 꿋꿋한 모습은 모범적인 지도자를 필요로 하는 사람들에게는 축복이 될 수 있단다. 그러나 무분별한 상황 속에서 희생을 강요하는 우정이라면 그 친구와 깨끗이 작별하는 것도 해결책이다.

네가 이 세상에 홀로 서 있는 것 같은 외로움을 느끼거나 누군가를 기다리고 있는 그리움 속에 서로 뜻이 맞는 사람을 찾아 내는 일은 그다지 중요하지 않다.

무엇보다 중요한 것은 네가 계속해서 너 자신에게 다음과 같은 사랑을 다짐시키는 일이다.

"네가 존재하고 있는 목적은 세상이 너를 변모시키도록

하기 위해서가 아니라, 네가 세상을 변형하도록 함이니라."

또 하나 숙고할 필요가 있는 관심사는 친척이나 인척들에 관한 것이다. 나는 너와 친척들과의 관계가 시간이 흐름에 따라 점점 좋아지기를 원하는 바다.

그러나 자칫하면 친척과의 관계를 엉뚱한 방향으로 빗나가게 하는 경우도 있게 마련이다. 많은 사람들이 이에 대한 조언을 구하기 위해 상담실의 문을 두드리기도 하지.

이러한 불화 중의 한 원인은 남편과 아내가 죽은 부모를 위해 쉴 새 없이 향을 피우려고 고집하기 때문에 일어나는 하찮은 경우도 있다. 한편 사람들은 자신이 받아들였던 방법에 대해서 만큼은 쉽게 이해할 수 있는데도 서로 이기심으로 만나는 관계라면 가혹한 증오를 마음 속에 키우게 된다.

나는 하나님의 은총이 너를 이런 문제로부터 벗어나게 해 주시기를 간절히 바라고 있다. 그러나 네 운명이 그렇지 못하다면 명심해야 할 것이 있다.

즉, 너의 친정이나 시댁 친척들에게 그들의 분수를 인식시켜주고 싶을 때는 너만의 진실함을 확인시켜 보는 것이 좋다.

기분이 어떻든간에 때로는 네가 자라온 친정 쪽으로 관심을 돌려보는 것도 의외로 선명한 해결책을 발견할 수 있다. 그러나 만약 친정과의 관계가 다소 '왜곡되어진다면, 더 소원해질 뿐이다.'

'우리가 찾아가는 할아버지 집은 들판을 넘고
또 숲 속을 지나서 깊숙한 곳에 있다네.'

이 글은 과거의 감상적인 추억거리에 불과할지도 모른다. 하지만 이런 정겨움을 아이들에게 가르치도록 하여라. 만약 네가 시동생, 시누이, 시부모님, 고모, 삼촌, 조카 등에 이르기까지 모든 친척들과 어떤 유형의 평화라도 이루지 못한다면, 가정 안에서의 완전한 평화를 누릴 수 없다.

이러한 관계의 유일한 해결은 네 영혼 속에 깃들어 있는 평화를 그대로 이루어지도록 하는데 있다.

네가 활동할 수 있는 지역, 네 영혼의 평화가 머물 집을 지을 땅이 없다면, 이미 너는 불행한 사람들의 영역 안에 들어와 있음을 뜻한다.

어떤 부부가 삶에 굶주린 불행한 사람들의 표정을 구경거리로 바라보는 모습은 기분을 언짢게 한다.

더욱이 입으로만 애국을 하는 사람들은 탁상공론을 일삼는 비평가들에 불과할 뿐이다. 그들이 주된 대상은 정부, 적은 노력으로 돈을 벌 수 있는 직업, 사회복지 기금 수혜 등등이다. 이러한 사람들에게 귀를 기울여 주면 약삭빠르게 처세라는 무기를 심오하게 이용한다. 하지만 그들의 말은 행동을 대신하는 대용품에 불과하단다.

더구나 이 땅엔 세상의 온갖 추악함을 대신 걸머지고 주님께 그것을 호소하기 위해 예배실로 향하는 성직자들도 있다. 이 말은 기도하는 일을 한 사람의 공으로 내세우지 않을 때 비로소 훌륭해질 수 있다는 뜻이다.

주님께서는 다음과 같은 경우라면, 우리가 무릎을 꿇고 기도하더라도 결코 들어주시지 않는다. 즉, 우리가 어떤 악과의 싸움을 계속하고 있다거나 평탄한 길에 불꽃을 튕기려고 문 밖으로 뛰어나가서 수로를 막고, 보도를 없애고, 사랑이 필요한 곳에 겉치레의 자비를 베풀기 위해서 적당히 자신을 내맡기는 일을 행할 때, 그것은 잘못된 행동이다.

만약에 가치있는 사업을 야심 때문에 선택한다면, 너는 틀림없이 좌절감에 빠질 것이고 절망의 고통을 맛봐야 한다.

"그러한 가능성에 대해 우리들의 작은 노력은 무엇을 의미하는 것일까?"

그러나 네가 그런 회의와 절망을 딛고 일어서서 끊임없이 노력을 한다면, 충족감을 맛볼 수 있는 삶의 샘터를 발견하게 될 것이다. 이것이 바로 우리 인류가 다 같이 겪고 있는 가난과 질병, 자신의 외로움을 극복하는 싸움에서 반드시 승리해야 얻을 수 있는 고독한 만족이란다.

윌리암 앨렌 화이트는 다음과 같은 말로 유명하다.

"우리 지역에 있는 가든클럽에 대한 나의 충고는 떠들썩하게 소동을 피우는 것보다는 마을 주변에 다알리아꽃을 기르는 일입니다."

이 말은 인류의 선동분자들 중에 하나님의 은혜를 위해 법석을 떠는 자들이 있음을 고백하고 있다.

때로 너는 '공동체 모임'에 참가를 요구 받을지 모른다. 또는 사회의 모욕으로 여겨지는 부조리에 대항하고 싶은 내적 충동감을 느끼게 될지도 모른다.

그러나 현대 사회에서의 무사안일주의적 사고에 대해서는 오해를 받는 일이 있어도 폭로해야 하는 의무가 있다. 모든 위대한 역사적인 사건들은 어느 누구도 동조해 주지 않을 때 혼자의 힘으로 시작되었다는 용기를 알고 있을 것이다.

그러나 보다 중요한 것은 때때로 너 자신이 선택된 자유인으로서 기본적인 자세를 무시한 채 '훌륭한 모임'이라는 명목 아래 휩쓸려 있지 않은가 반성해 볼 일이다.

너는 나약한 남편이 사회활동으로 가정을 등한시하는 아내를 폭력으로 제압한 이야기라면 흥미를 보이겠지.

그의 아내는 정당대회로 밤늦게 집으로 돌아와서는 안락의자에 털썩 주저앉아 신을 벗어 던지면서 호들갑스럽게 말하는 것이었다.

"여보, 정말 대단했어요. 두고 보세요.

우리는 앞으로 전국을 휩쓸 거예요."

하루 종일 집에서 설거지를 하고, 아이들을 재우고, 진공청소기로 기운을 잃은 불쌍한 남편은 아내의 말을 끝까지 인내하며 듣고 있다가 이렇게 빈정대며 말했다.

"아주 멋지군! 우리집 거실부터 시작해 보시지 그래."

올바른 의미있는 사업일지라도 반성을 필요로 한단다. 어떤 개혁자들은 감정을 억제하지 못하고 신경질적인 목소리로 외칠 때도 있게 마련이지.

그러나 이것은 좋은 방법이라고는 볼 수 없다. 왜냐하면 세상 사람들은 사회적인 정의를 위해서라면 듣기 좋은 트럼펫 소리만을 원하기 때문이다.

약간 병적일만큼 선행을 내세우는 사람들은 가치있는 일을 성취할지 모르나 그 반면에 건강한 사람들이 이루어 놓은 것을 손상시키는 위험도 따른다.

교회를 통해서 좋은 모임에 참여하는 형제 자매들이 이리저리로 뛰어다니며 병고에 시달리는 사람들의 이마를 닦아주는 모습을 볼 때, 신의 은총이 모든 사람의 구원을 위해 독립적인 활동에 참가하도록 용기를 주셨음을 확신하게 되었단다.

너는 늘 하나님의 말씀을 듣고 있다. 그런데 두 가지의 상례적인 병폐가 있음을 알아야 한다. 첫째는 혁신자들을 위해 마련된 자리에서는 혁신운동에 관한 논의를 해야 하며, 둘째는 말로 공허하게 떠드는 정의란 소리에 귀를 막아버리는 일이다.

점점 퍼져나가는 '남의 일에 관여하지 말자'는 생활 철학은 너와 같은 능력을 지닌 사람들을 위한 것이 아니다.

'무관심 아래'라는 구절은 약삭빠른 책제목으로 적당할 뿐이다. 이러한 무관심은 국가적으로도 정말 위험적인 요소다.

그러므로 너의 결혼이 온전한 것이라면, 세상을 올바른 눈으로 바라보게 될 것이고, 자신의 생을 위해 용감히 나설 수 있는 지혜를 스스로 터득하게 된다. 또한 네 활동의 동기가 되므로 인생살이를 위한 힘으로 추적될 수도 있다.

다음 편지에서는 네 자신만이 살아가기 위해서 이 세상에 태어난 존재가 아니며, 부모와 형제, 남편과 아이들, 이웃과 더불어 살아가는데 그 목적이 있는 것이 아니라는 점을 말해 주고 싶다.

'이 세상에는 우리들의 행복보다 더 중요한 것이 있느니라.'

- 모든 것을 원대하게 생각하거라. 아빠로부터

LETTER_23

사랑의 은총을 함께 하도록

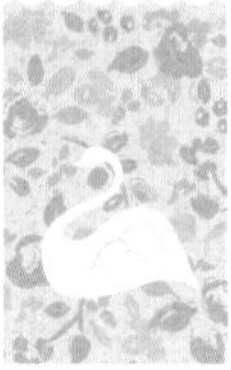

사랑하는 카렌아!

나는 너에게 현명한 아내란 훌륭한 남편을 차지하게 된다는 사실을 확신시켜 주고 싶었다. 그러나 단순하게 꼭 그렇지 만은 않다는 것이 세상살이다.

일반적으로 베푼 것 만큼 보상 받게 된다는 것은 진리이지만, 그러나 어떤 사람들은 엄청난 희생을 치르고서도 아무런 댓가를 받지 못하는 경우가 있다. 왜냐 하면 아주 훌륭한 인품을 지닌 여자라 하더라도 결혼생활을 불행하게 이끌어가는 남자들이 있기 때문이다.

아내가 남편에게 모든 것을 다 바치더라도 받기만 하고 아내한테 아무것도 주지 못하는 경우가 있기 때문이란다.

자신의 모든 것을 결혼생활에 기울였다가 마음의 상처만 받게 되는 여자보다 더욱 비참한 모습은 이 세상 어디에도 없으리라. 결국 얻은 것이란 깨어진 삶의 빈 껍질만 차지하게 되는 고통만 있을 뿐이다.

사람들은 이렇게 말하기도 한단다. 인생이란 네가 무엇을 하느냐가 10퍼센트이고, 네가 어떻게 행하느냐는 것이 90퍼센트라고 규정짓기도 한다. 매우 그럴 듯한 말이다.

그러나 많은 사람들의 경우처럼 이 말이 반드시 적용되는 것은 아니다. 나는 90퍼센트, 아니 99퍼센트까지도 가정생활에 헌신한 기독교인의 부인들을 보아왔기 때문이다. 그러나 그녀들이 돌려받은 것은 온통 공허함 뿐이었다는 사실을 확인할 수 있었다.

물론, 너와 빈센트가 실제로 해야 할 일은 아무것도 없다. 우리는 너희들 두 사람의 결혼이 이 세상에서 가장 찬양 받게 되는 성공적인 삶이 되리라고 확신한다.

그래서 나는 너에게 불행한 사람들을 위한 매우 특별한 친절과 배려를 베풀어 줄 것을 부탁하기 위해 이 편지를 쓰고 싶었던 것이다.

사실 그들은 네가 베풀 수 있는 가장 부드러운 손길을 필요로 하고 있단다. 다시 말해서 그들은 자신의 불행한 이야기와 눈물을 나누어 가질 수 있는 진심어린 친구를 찾고 있다.

네 가슴 한구석에 따뜻한 감정이 피어오른다면, 언제라도 주저하지 말고 진실한 믿음과 가득 찬 호감으로 마음의 문을 활짝 열도록 하거라. 그러면 너는 그들의 산산조각이 난 어제의 삶보다 훨씬 나은 내일을 위해서 목소리를 높여 기도하고 싶어질 것이다.

지금도 너는 행복하지만, 더욱 큰 행복을 느끼려면 네가 누려왔던 풍요롭고 아름다운 사랑을 지금까지 찾아 내지 못한 사람들을 위해서 마음 속에 빈 자리를 만들어야 하는 여유로움을 간직해 보려무나.

여기 10개의 작은 글자가 모여 아주 훌륭한 의미의 단어를 만드는구나.

'Compassion!—인정을 베풀어라.'

– 인정에 가득 찬 마음을 위해서, 아빠가

LETTER_24

결혼은 인생의 열쇠다

사랑하는 딸 카렌에게!

"나는 당신을 사랑합니다! 당신은 천사입니다."

"우리의 사랑은 하늘의 뜻입니다."

이러한 말들은 연인에게 매우 듣기 좋은 속삭임이다. 그러나 이 말을 온전한 뜻으로 이해할 줄 알아야 한다. 자기에 대한 존중이 삶의 질을 높일 수도 있고, 두 사람이 서로 존중한다면 더 아름다워질 수 있기 때문이다.

태양계의 질서를 무시한 채 제멋대로 떠돌아 다니는 운행을 막는 중심적 역할을 하는 것이 바로 태양이라는 사실을 과학 시간에 배웠을 테니까, 그 오묘한 이치를 기억하고 있을 것이다.

너와 빈센트를 포함한 이 세상의 모든 사물이 서로를 지탱해주는 자석과 같은 힘이 없다면, 아마도 뿔뿔이 흩어져 버릴 것이다.

결혼도 마찬가지이다. 두 사람의 배우자는 각각 지구의

반대편에서 태어날 수도 있고, 혹은 같은 지역에서 자랄 수도 있지만, 가장 중요한 점은 바로 다음과 같은 것이다.

그들은 자신보다 더 강한 신뢰로 서로를 의지하고 부여잡고 있는가 하는 점이다.

이것은 피할 수 없는 근본적인 중요한 질문이다. 이 세상에서 아무리 진실한 사람일지라도 평범한 사람과 공통점을 갖고 있다면, 그것은 우리 모두가 인간이라는 점이다.

현재까지 인류의 발전 단계로 보아서 변함 없는 진실은 우리 인간은 이기적인 동물이라는 확신이다. 축축한 곳에서 아메바, 나무를 타는 원숭이, 손에 방망이를 든 원시인이든간에 아직도 보존적인 본능에서 벗어날 만큼 충분히 진보하지 못했다는 것은 사실이다.

"최고의 것을 찾아라!"

"내가 원할 때 그것이 해결되기를 바랍니다."

"처음도 나, 두 번째도 나, 세 번째도 나!"

이러한 것들은 가까운 이웃이나 결혼생활, 사랑하는 일가 친척들 사이에 나타나는 좋지 않은 현상이라 하겠다.

때로 너는 자신의 행복함을 느낀 나머지 다른 사람의 아픔을 생각하겠다고 마음 속으로 기도할 것이다. 또한 너의 그 사람이 생각하고 있는 것처럼 진실한 삶의 모습을 찾기 위해 하루 종일 달콤하고 상냥한 여자가 되겠다고 수없이 다짐할 것이다. 하지만 이러한 고상한 맹세는 거친 생활 속에서 언제라도 부서져 버릴 수 있는 약점도 가지고 있음을 명심하기 바란다.

그러므로 우리 인간은 취약점을 극복하면서 어떻게 삶의 바른길을 가야 할 것인가에 고민한다.

그에 대한 대답이 바로 이 편지의 주제이다. 감사하게도 나는 그 대답을 우리 가정 안에서 얻었고, 다른 사람들과의 상담을 통해 수없이 많은 사례를 보아왔다.

이것은 사랑을 위한 소중한 열쇠라고 확신한다. 다시 말하자면, 자신들의 결합이 위대한 어떤 존재를 위한 행위임을 이해하게 되면, 결혼생활은 두 사람만의 신비롭고 은밀한 문을 찾은 공동작업이라고 단정해도 좋다.

자, 이제 어떻게 하면 너희들의 삶이 축복으로 인도될 수 있는 것인가를 살펴보기로 하자.

수학적인 사고력을 지닌 목사님 한 분은 TV에서 다음과 같은 재미있는 주장을 말씀하셨다.

그분은 오늘날 결혼한 네 쌍의 남녀 중에서 한 쌍의 남녀가 이혼을 하고 있다는 사실을 예로 들고 있더구나. 또한 그분은 강조하시기를 예배에 빠지지 않는 남녀의 이혼 비율은 약 55대 1이며, 함께 기도하는 남녀들에게 있어서의 이혼 비율은 500대 1이 된다는 것이다.

그 목사님은 수치와 분석 자료에 대해서는 자세히 밝히지 않았지만, 나는 내 경험적인 예를 들어 혼자 분석해 보았다.

20여 년 동안 가정문제를 가지고 나를 찾아와 상담을 한 남녀들은 대략 2천여 쌍에 이른다고 헤아려진다. 남편 혼자서 찾아온 사람들도 있고, 여자 혼자서 온 적도 있고, 두 사람이 함께 찾아온 경우도 있었다. 그들이 지니고 있는 문제들은 사소한 내용에서부터 아주 심각한 것까지 다양했다.

보다 중요한 것은 나를 찾아온 남녀들이 함께 기도하는 생활을 했다면, 나를 찾아올 이유가 없을 것이라는 생각이 들었다. 내가 증언할 수 있는 좋은 예다.

그토록 많은 사람들 중에 어떤 사람은 병원을 찾아갔을 것이고, 또다른 사람들은 법정에서 헤어졌지만, 내 경험으로 미루어 보면, 그들이 기도하는 자세로 늘 하늘의 뜻을 따랐다면 회복할 수 없을 정도로 깨어져 버린 사람은 한 쌍도 없었을 것이라는 점이다.

이 글에서 내가 겪은 수많은 사람들에게 권한 기도하는 단계를 하나하나 열거해 보겠다.

① 날마다 함께 앉아서 하늘을 우러러보는 시간을 갖겠다는 약속을 하거라.

② 너희에게 알맞는 기도의 양식을 취하거라.

③ 약속된 시간이 되면 조용히 꿇어앉아서 그날의 기도에 대해 생각하거라.

④ 기도하고 싶은 마음이 우러나면 기도하는 자세로, 속죄할 것이 있으면 그대로 기도하거라.

⑤ 서로를 위하여 고개를 숙인 자세로 기도하거라.

⑥ 하늘을 우러러보며 기도를 마치거라.

이러한 자세로 생활해 나가면 너희들의 기도가 실현되는 날이 올 것이다. 이처럼 기도생활에 정착하면 너는 기도를 통해 바라는 것을 얻는 것이 아니라, 하늘이 너에게 바라는 것을 이루고 있다는 사실을 깨닫게 될 것이다.

또한 너는 기도가 구걸하거나 애원하는 것이 아님을 깨닫게 될 것이다. 기도란, 네 마음을 두드리고 있는 하나님께 문을 열어드리는 거룩한 신앙의 심부름이다.

의식적이건 무의식적이건간에 문을 열어주는 일은 훌륭한 기도이다. 너는 하나님께서 우리와의 만남을 주도하신다는 위대한 은혜를 다시 깨닫게 되며, 동시에 하나님께서는 항상 이 땅을 영광스럽게 꾸미기 위하여 끊임없이 사랑할 사람들을 찾고 있다는 사실도 깨닫게 될 것이다.

하나님은 너희들을 아낌없이 사랑하시고, 너희들 역시 하나님을 사랑함으로써 화합하게 되는 것이 바로 종교라는 사실을 알고 있으리라.

하나님의 성스러운 사랑이 곧 너희들의 인간적인 사랑 속으로 찾아들 수 있도록 마음을 열어간다면, 너희들의 사랑은 그만큼 더 큰 열매를 맺게 될 것이다.

그러므로 사랑을 위해 함께 실천하는 노력이 무엇보다도 중요하다. 한 사람은 앞으로 나가는데 다른 사람이 가만히 서 있다면 목적을 이룰 수 없다.

결혼이란 두 사람 사이의 거리를 넓히기 위한 것이 아니라, 삶 위에 있는 하늘 가까이에 다다를 때까지 서로의 차이를 좁히는 공동의 작업이다.

내 얘기는 이론이 아니다. 나는 전혀 희망이 보이지 않는 파경의 부부들이 다시 서로를 위해 조용한 기도를 올리기 시작하면서부터 새로운 삶으로 화합하는 경우를 많이 보아왔다.

또한 나 자신의 개인적인 경험을 통해서도 분명하게 말할 수 있다. 우리들의 결혼생활이 시작되면서 네 엄마는 많은 일에 부딪치게 되었다. 나를 성공시키기 위해서는 함께 해야 할 많은 문제들이 있다는 사실을 알게 되었지.

네 엄마는 거칠고 상처 받은 어정쩡한 한 남자를 자신의 타고난 조용함과 상냥함, 여자다운 우아함으로 감싸며 일깨우고 이끌어서 한 몫을 담당하는 남자가 되도록 변신시켰던 것이다.

엄마가 어떻게 했는지는 너도 알고 있지 않니? 이른 아침마다 성경과 지혜를 담은 책을 가지고 평온한 자세로 앉아있는 네 엄마의 모습은 진실로 나의 혼란된 마음을 바로잡는 절실한 가르침이었다.

드디어 나는 네 엄마의 그 고요한 세계를 함께 하고자 청했고, 마침내 우리는 늘 함께 기도하게 되었으며, 이것이 인생의 열쇠임을 비로소 깨닫게 되었던 것이다.

결혼한 지 26년이나 지난 오늘날까지 너의 엄마가 내 곁에 있으면 난 언제나 새로운 힘을 갖는다. 예기치 않은 장소에서 우연히 네 엄마를 만나게 되면 샘솟는 기쁨을 느끼며, 내 가슴속 어딘가에서 아름다운 찬가가 울려나오는 소리를 듣는단다. 사람들이 많이 있는 한가운데서 네 엄마와 눈길이 마주치면, 나는 바로 그때에 내가 필요한 영감 같은 빛을 네 엄마가 지니고 있다는 것을 느낀단다.

저녁에 귀가할 때면 네 엄마가 기다리고 있는 집에 가까워질수록 나도 모르게 발걸음이 빨라짐을 알게 된다. 그것은 하루의 일과를 끝내고 귀가했을 때 너의 엄마가 반갑게 맞아주는 모습을 가장 즐거운 일로 여기고 있기 때문이다.

그때마다 나는 우리가 걸어갈 앞날을 그려보면서, 언제인가 나이 지긋한 한 남자와 여자가 손에 손을 잡고 석양을 향해 걸어가는 모습을 머리 속에 그려본단다.

또 한편 나는 마음 속으로 시작보다는 끝이 아름다운 노년이 훨씬 훌륭할 것이라는 회상의 나날을 생각해 보기도 하지.

나는 빈센트에게 큰 무엇을 바라지 않는다. 네 어머니가 나를 인도해 주었듯이 너도 그를 올바른 삶을 이루어갈 수 있는 곳으로 이끌어가길 바랄 뿐이란다.

어떤 사회학자들은 나날이 늘어나는 결혼의 파경을 해결하는 길은 이혼을 어렵게 만드는 방법이 필요하다고 주장하기도 한다. 그러나 어떤 경우에는 그렇게 함으로써 효과를 볼 수 있을지 모르나 진정한 해결책은 이혼으로부터 멀리 도피하는 것이 아니라, 그 불행의 싹을 미리 예방하는데 있다.

결혼은 어떤 우연함으로 이루어지는 결합이 아니며, 성실한 인내로써 스스로의 삶을 개척하고 자신의 사랑을 나누며 모든 것을 함께 할 때 얻어지는 열매와 같다.

그리고 참된 결혼생활이란 너와 네 남편 사이에 언제까지나 변함없이 동행하는 거룩한 관계라 하겠다.

— 늘 기도하는 자세이길 빌며, 아빠가

『구약성서』에서 여호와는 먼저 아담만을 창조하셨다(구약 창세기 2장). 흙으로 지음을 받은 인간은 보기에 아름답고 먹기에 좋은 나무가 무성한 에덴이란 낙원에서 삶을 즐겼다. 그 곳은 생로병사生老病死가 없고 고통이 없는 이상향이었다. 그로부터 아담은 온갖 짐승에게 이름을 붙여주고 이상향인 에덴 동산을 다스렸다.

그러나 여호와는 '사람이 홀로 사는 것이 좋지 못하니, 내가 그를 위하여 돕는 배필을 지으리라'고 하였다. 인간은 홀로 있을 수 없는 존재이고, 홀로 있으면 좋지 못한 존재임에 틀림없다. 그리하여 여호와는 아담을 깊이 잠들게 하고는 그 갈빗대 하나를 취하여 여자를 만들어 아담에게 주었다. 아담의 기쁨은 말할 수 없었다. '이는 내 뼈 중의 뼈요, 살 중의 살이라.'하고 기뻐하였다.

이리하여 '모든 남자는 부모를 떠나 그 아내와 합하여 둘이서 한 몸'을 이루게 되었다. 바로 인간의 사랑의 시초는 여기에 있다. 인간의 사랑은 이렇게 불가피한 것이다.

사랑이란 남에게로 다가가는 현상이면서도 자기를 되찾는 기쁨이다. 성서에 있어서의 사랑의 시작은 역시 남자와 여인간의 사랑이다.

이리하여 그들은 행복하였다. 인간을 찾는 마음 속에 도사리고 있던 공허는 이제 메꾸어졌다. 그러나 이것은 인간의 불행, 비극의 시초였다.

그들의 마음에는 또 하나의 공허가 일어나기 시작하였다. 하나님의 계명에 대한 회의다.

'선악을 알게 하는 나무의 실과는 먹지 말라. 네가 먹는 날에는 정녕 죽으리라(창세기 2장 18절)'

이러한 계명에 대한 회의뿐만 아니라, 눈이 밝아져 하나님과 같이 선악을 알고 싶다는 궁핍이 마음 속에서 머리를 든 것이다. 이것은 인간에 대한 갈망이 아니라, 아름다운 것에 대한 갈망이다.

아담이 혼자 있었다면 이러한 죄악은 피할 수 있었을는지 모른다. 하와라는 여인의 존재는 그를 유혹한다. 그리고 하나님만이 아니라 사랑하는 인간, 사랑하는 여인이 존재한다는 사실에 아담은 공감한다.

'하나님이 주셔서 나와 함께 하신 여자. 그가 그 나무 실과를 내게 줌으로써 내가 먹었나이다.'

이것은 여호와의 음성에 낯을 피하며 떨고 있던 아담의 소리다. 사랑하는 사람과 같이 있다는 사실은 불가피한 죄악에로의 길을 마련하는 듯하다.

이리하여 그들은 낙원에서 영원히 추방되었다. 사랑한다는 것은 함께 지낸다는 것이고, 함께 죄를 범한다는 것이며, 함께 행복을 잃은 채 고난의 길을 간다는 것을 의미한다. 잉태하는 고통이라는 사랑의 댓가가 부여되었다. 남편을 사모하고 기다리는 쓰라림이 시작되었고, 종신토록 수고하며 땀을 흘려야 먹을 수 있게 되었다. 또한 다시 흙으로 돌아가야 하는 운명도 지니게 되었다. 죽음이라는 저주 밑에 있게 되었다.

이러한 저주 받은 삶에서 함께 산다는 마당에는 사랑이란 그지없이 어려운 일임에 틀림없다. 그러나 이러한 비참한 현실에서 공동으로 쓰라린 숙명을 지고 나아가야 한다는 데서 사랑에 대한 사랑, 또한 피차의 삶에 대한 공감이 성립하게 된다. 에덴의 낙원에서 누리던 무의식적인 결합이 이제는 의식적인 노력으로 찾는 합일이게 되었다. 그러므로 사랑이란 현실이 아니라 미래이며 앞으로 이루어져야 할 사실로 존재하는 것이다.

각기 혼자 이 세상에 태어나 살아가지만, 혼자 있다는 사실 이상으로 함께 있다는 사실이 인간 존재에서는 근원적인 사실이다.

그럼에도 불구하고 인간은 언제나 사랑에 대한 궁핍에 허덕이면서 다정했던 옛날을 회고하고, 그것을 먼 뒷날 마지막 저세상에 투영해 보려는 강렬한 욕망을 가지고 있다. 바로 여기에 사랑만이 지배할 영원한 세계, 피안을 기대하는 것이다.

어느 시대 어디에서나 인간의 보편성을 찾아 내어 갈고 닦아서 빛을 내는 일은 인간이 엮어내는 소중한 일 중의 하나라고 할 수 있을 것이다.

가정을 사랑하고 슬기롭고 훌륭한 사회생활을 꾸려가고자 하는 모든 사람들의 가장 친근한 벗이랄 수 있는 C. 쉐드 박사는 그의 온 삶을 통하여 인간의 보편적인 심성에 호소하여 아름답고 값진 생활을 엮어갈 수 있는 슬기와 용기와 의지와 믿음과 사랑을 그려 보이고 있다.

슬하에 다섯 자녀를 둔 어버이로서 쉐드 박사는 가정과 젊은 세대들의 문제에 정성어린 관심을 갖고, 거기에 지혜의 충언을 계속하고 있다.

그는 전 미국에서 잘 알려진 목사이며, 신학박사로 탁월한 저술가이다. 수많은 젊은이들에 사랑과 지혜를 일깨운 것은 그의 저서뿐만 아니다. 그는 신문지상에 지금도 기고를 하고 있으며 그 수입으로 저능아의 재활을 돕는 기금을 조성하고, 아프리카 지역의 빈민구제에 노력하고 있음으로써 그의 고귀한 사랑의 정신을 더욱 의미 깊게 많은 이들에게 호소할 수 있다고 할 것이다.

특히, 이 글은 자기의 성장한 딸을 위해 편지 형식으로 쓴 아주 감동적인 글이다. 이 서한문과 같은 아름다운 글 속에서 오늘을 살아가는 젊은 여성들의 목표와 애정이 담긴 어버이의 진실이 깃들어 있음을 알 것이다.

옮긴이